텀블러 장편소설

FUSION FANTASTIC STORY

현대
천마록

현대 천마록 5

텀블러 장편소설

초판 1쇄 찍은 날 § 2016년 10월 27일
초판 1쇄 펴낸 날 § 2016년 11월 3일

지은이 § 텀블러
펴낸이 § 서경석

편집책임 § 최지원

펴낸곳 § 도서출판 청어람
등록번호 § 제387-1999-000006호
등록일자 § 1999. 5. 31
어람번호 § 제1-2553호

주소 § 경기도 부천시 원미구 부일로 483번길 40 서경B/D 3F (우) 14640
전화 § 032-656-4452 팩스 § 032-656-4453
http://www.chungeoram.com
E-mail §chungeorambook@daum.net

ⓒ 텀블러, 2016

ISBN 979-11-04-91026-5 04810
ISBN 979-11-04-90912-2 (세트)

텀블러 장편소설

FUSION FANTASTIC STORY

현대 천마록 ⑤

도서출판 청어람

차례

C O N T E N T S

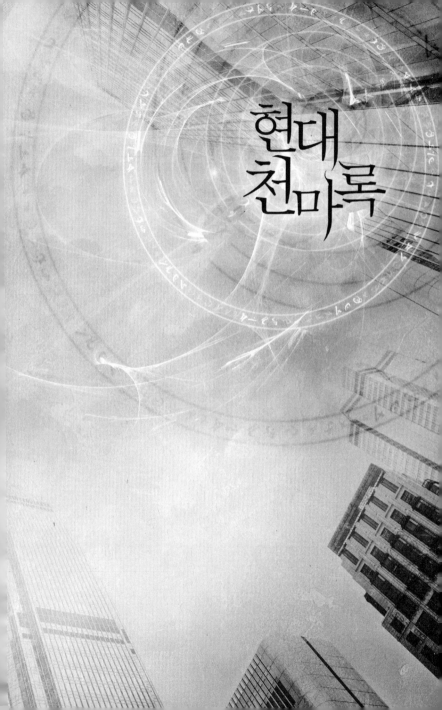

제1장

원정

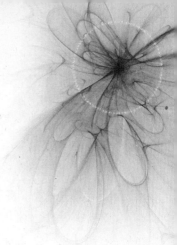

　대한민국 3개 연안에서 이뤄진 몬스터 대토벌전은 성황리에 진행되는 중이다.

　지금까지 원자력발전소 15곳과 수력발전소 20곳, 화력발전소 30곳을 수복하여 몬스터에게 빼앗긴 전력 수급 루트를 다시 되찾게 되었다.

　정부는 수복한 발전소에 병력을 배치하고 두 번 다시는 몬스터의 침입을 받지 않도록 방어 사단을 구축해 놓았다.

　또한 해외의 몬스터 코어 발전 기술을 도입하여 원자력, 수력, 화력의 복합 발전을 실시하도록 하였다.

S—11 예하의 몬스터들에게서 채취한 코어는 수력병합발전에, A—11 예하의 몬스터들에게서 채취한 코어는 화력병합발전에 사용하였다.

원자력발전소는 양쪽의 코어를 모두 다 사용하여 가열 시스템과 쿨다운 시스템을 모두 정비하여 일전의 전력 생산량의 10배에 달하는 에너지를 생산할 수 있게 되었다.

이로써 한국의 에너지 생산량은 일전의 50배에 달하게 되었으며, 앞으로 1~2년 이후엔 중국과 일본 등지로 에너지를 수출할 수 있을 것으로 보였다.

이제 한국은 기름 한 방울 나지 않던 나라에서 에너지를 생산하는 에너지 강국으로 우뚝 서게 된 것이다.

정부는 현재 가솔린, 디젤, 천연가스 등을 주 연료로 삼는 자동차를 전량 회수하고 보급형 코어 발전기를 배급하기로 했다.

차량의 등급에 따라서 차등적으로 지급되는 보조금은 기초수급대상자를 우선으로 지급되도록 법이 개정되었다.

더불어 기초생활수급자나 편부, 편모 가정, 장애우 가정 등 사회의 약소 계층에게 전기세를 80% 이상 감면해 주는 법이 내달 발의되어 실행될 것으로 발표되었다.

청와대는 지금까지 에너지 강국으로서 발전하고 있던 한국의 위상에 가려져 있던 소외 계층에게 각종 혜택을 부여하고 누진세와 같은 불합리적인 제도를 타파하겠다고 선언하였다.

지금까지 대통령의 발언에 족족 반발하던 여, 야의 세력들은 이른바 '기시현 사태'로 인해 반대를 할 수가 없었다.

덕분에 지금 대통령이 시행하는 민생 구제, 비리 척결 등이 활발하게 이뤄지고 있는 상태였다.

한명희는 민생 구제 정책을 시행하는 동시에 검, 경, 군, 관 등에 일률적으로 적용되는 강도 높은 비리 척결 정책을 단행하였다.

모든 공직자는 접대와 향응을 받을 수 없으며, 이에 위반되는 행위를 하면 수위에 따라서 벌금, 정직, 파면의 벌을 받게 되었다.

공직자가 금품을 수수하다가 적발되면 무조건 20배에 달하는 벌금을 징수하게 되어 있으며, 만약 벌금을 납부할 수 없는 경우에는 징역으로 대신하게 된다.

징역은 1일 5천 원을 기준으로 하며 공무원의 등급이 높을수록 1일에 할당되는 가격에 하향된다.

이를테면 9급 공무원의 1일 징역 일급이 5천 원으로 산정되어 있다면, 5급 공무원은 2천 원으로 대폭 하향된다.

비리 관련 법규가 강화되면서 공무원의 등급이 높을수록 가중 처벌되도록 개정된 것이다.

또한 각 관공서, 검경공서, 군부대에 대통령 비밀 특사를 파견하고 이들에게 고발권을 쥐어주었다.

이른바 암행어사로 불리는 대통령 비밀 특사들은 나이와 직책에 상관없이 국정원의 엄중한 심사와 청와대의 검열을 통하여 뽑히게 된다.

이제 공직자들은 안에서나 밖에서나 비리를 저지르기 불가능해진 것이다.

또한 국회의원들의 비리 척결에 관한 법률도 적용될 예정이라 국회 역시 긴장할 수밖에 없었다.

이토록 강력해진 한명희의 권력 구도는 모두 국민의 열띤 지지를 통해서 발생된 것이기 때문에 앞으로 한명희의 인기는 더욱 높아질 것으로 보였다.

*   *   *

대한민국의 비리 척결 운동이 활기를 띠면서 대한민국의 국고는 점점 더 살이 쪄가고 있었다.

한명희는 이를 토대로 구 시가지의 재개발과 아파트 단지의 부활을 꾀하였다.

기반 시설과 건물이 모두 살아 있는 구 시가지와 아파트 단지의 재활용은 절반 이하로 떨어진 주택 보급률을 높이고 국민들의 재산을 다시 되찾아주는 데 큰 효과를 발휘하였다.

대한민국 전 국토에 넓게 퍼져 있는 폐아파트 단지들의 재개발은 대기업 독점이 아닌 지역 기업에게 그 개발권이 우선적으로 넘어가도록 법안이 편성되었다.

각 지역의 저명한 건설사들이 먼저 입찰에 참여할 수 있도록 하는 동시에 그들이 입찰하는 족족 감사를 받도록 법안이 개정되었다.

물론 지역 경제를 되살리는 차원이니 외주 회사의 지정은 전부 그 지역의 회사와 인력소를 사용하도록 하였다.

화수의 백제건설 역시 충청도 전 지역의 재개발권 30개를 따내고 그 휘하의 중소기업들과 인력소들을 전부 대전, 충청 지역의 업체로 선정하였다.

이로써 일자리가 뜸하던 대전, 충청 지역의 건설 현장이 활기를 띠게 되었고, 백제건설 이외의 토박이 건설업체들 역시 10개 이상의 재개발권을 따내어 각 지역의 발전에 이바지 하게 되었다.

대전 은행동 구 시가지 복구 사업 단지 제1지구에 공사가 한창이다.

쿵쾅, 쿵쾅!

은행동 상권의 수복은 아파트 단지의 재개발과는 달리 지역의 향토 기업들이 전부 다 참여하여 공동으로 진행하게 되었다.

백제건설은 교량을 복구하고 지하철 기반 시설 등 각종 토목공사를 도맡아 진행하기로 하였고, 나머지 15개의 회사들이 각자의 지역을 나누어 복구하기로 하였다.

　이번 공사에 투입된 인원은 대략 3~4만 명으로, 2년 안에 은행동 상권을 복구시키고 대전천의 생태를 복구시킨다는 목표를 가지고 있었다.

　각 공사장에는 인부, 건설업자로 위장한 암행어사가 파견되어 있어 공사 자재를 빼돌리는 비리나 자금 유출 등의 부조리를 미연에 방지하고 있다.

　화수는 지하철 3공구의 공사 현장을 방문하였다.

　위잉, 철컹!

　시끄러운 기계 소리가 울려 퍼지는 가운데 인부들이 비지땀을 흘리며 열심히 일하고 있다.

　3공구 공사 현장 담당 소장 이대현은 화수에게 공사 현장의 전반적인 상황에 대해서 설명해 주었다.

　"현재 공사 진행은 대략 30% 정도 이뤄진 것으로 보이며, 부상자나 사망자는 아직 없습니다."

　"으음, 그렇군요."

　화수는 상황판을 바라보며 공사 현장을 한 바퀴 둘러보았다.

　인부들이 담배를 피울 수 있는 공간은 공사장 위에 마련되어 있었으며, 한 시간에 10분씩 휴식 시간이 부여되었다.

휴게실에는 막간에 즐길 수 있는 다과가 마련되어 있었으며, 원하는 사람은 간단히 라면이나 김밥을 먹을 수도 있었다.

화수는 공사 현장을 지나 인부들이 먹고 마시는 공사장 식당을 방문하였다.

식당은 6가지 반찬을 자율 배식으로 배분하여 인부들이 마음껏 먹을 수 있도록 배려하였다.

그는 한창 식사 준비가 이뤄지는 식당의 배식대로 다가가 음식을 맛보았다.

"쩝쩝……."

사람은 모름지기 먹는 것을 잘 먹어야 일을 잘한다고 믿는 화수이기에 안전 다음으로 이 부분을 가장 민감하게 다루고 있었다.

"10점에 7점 정도?"

"나머지 3점은 노력하여 보완해 나가겠습니다!"

"그래요. 사람이 밥 먹는 재미로라도 일을 해야지, 하루를 살아가는 데 무슨 낙이 있겠어요? 이 힘든 공사장에서 말입니다."

"예, 사장님!"

3점이 모자란다고 해서 식당의 인원을 바꾸는 것이 아니라 그들에게 조금 더 노력할 수 있도록 약간의 압박이 전해질 뿐이다.

화수는 고용한 사람들을 함부로 잘라내는 것은 민생을 해치는 일이라 생각하기 때문에 인부 한 명도 함부로 해고하는 일이 없었다.

이것은 한명희의 가장 기본적인 고용 원칙이기도 했기 때문에 대통령의 특사인 화수가 그것을 어길 수는 없었다.

"이 정도면 10점 만점에 8점 정도 드릴 수 있겠군요."

"남은 2점은 신속하게 보완하겠습니다!"

"당연하지요. 현장을 총괄하는 소장이 잘해야 공사가 제대로 되는 것 아니겠습니까?"

"예, 명심하겠습니다!"

인부들을 이렇게 많이 쓰고 복지를 최고로 개선해 주면 공사비가 다소 올라가긴 하겠으나 비리가 척결되니 그리 큰 문제는 아니었다.

아니, 오히려 예전 평균 공사비의 30% 정도가 남아 복지와 안전, 부실 공사 등을 개선하고 나서도 돈이 남았다.

화수는 남은 30%를 옳은 곳에 소비해서 제대로 된 공사장을 만들어 나갈 생각이다.

*   *   *

이른 새벽, 화수의 자택으로 택시 한 대가 도착하였다.

빵빵!

연수는 물을 마시러 나왔다가 택시를 타기 위해 나서는 화수를 발견하였다.

"오빠, 어쩐 일로 택시를 타?"

"오늘은 민간 항공을 타고 해외 출장을 가거든. 그래서 차를 놓고 가려고."

"아아, 그렇구나?"

이제는 어깨에 대령 계급장이 달린 화수에게 연수가 손을 흔든다.

"오빠, 잘 다녀와. 올 때 선물 꼭 사오고."

"…무슨 선물을 배웅하는 사람이 사오라고 해?"

"내 마음이지."

화수는 실소를 흘리며 집을 나선다.

"학교 갔다가 일찍 돌아와. 언니 속 썩이지 말고,"

"오빠나 잘하시지?"

"…간다."

괜히 노파심에 동생을 압박했다가 본전도 못 찾은 화수가 대문을 열었다.

끼익!

대문을 열고 밖으로 나오니 짙게 선팅이 된 택시가 화수를 기다리고 있다.

그가 열기도 전에 택시의 뒷좌석 문이 열렸다.

철컥!

"타시죠."

"예, 차관님."

택시 안에서 문을 연 사람은 다름 아닌 지식경제부 차관 임춘봉이었다.

국정원에는 여러 가지 위장 차량이 있는데 그중에는 버스나 택시와 같은 대중교통도 꽤 많았다.

한마디로 이 택시와 기사 전부 국정원 소속이라는 소리다.

임춘봉은 먼저 화수에게 사과부터 건넸다.

"아침부터 다짜고짜 찾아와서 놀라셨을 것으로 압니다. 하지만 이시은 과장이 말해주기를 가장 안전한 시간대가 바로 이때라고 해서 말입니다."

"괜찮습니다. 저 역시 이런 일에 익숙한 사람입니다. 괘념치 마십시오."

"하하, 그렇군요."

그는 택시를 출발시켰다.

"일단 이곳을 빠져나가 시가지로 들어가도록 하시죠."

"예, 알겠습니다."

택시가 시가지까지 나가는 동안, 그는 화수에게 자신이 찾아온 이유에 대해서 설명하였다.

"아마 지식경제부에서 대령님을 찾아온 이유가 궁금하실 겁니다. 그렇지요?"

"그렇습니다."

"그렇다면 단도직입적으로 말씀드리지요. 지식경제부에서 당신을 필요로 합니다."

"저를요?"

"정확히 말한다면 야차 중대가 필요한 것이지요."

"으음……."

"아실지 모르겠습니다만, 현재 대한민국 제1금융권의 대표적 민간 자본 기업인 민본은행이 매도 절차를 밟고 있습니다."

"매도요? 그렇게 큰 1금융권 은행이 어디로 팔려 나간단 말입니까?"

"저희들이 예상하기론 한국의 또 다른 민간 기업에 거금을 주고 되팔거나 다시 한 번 외국 투자자들이 기업을 구매할 것으로 보입니다."

그는 화수에게 10년 전 얘기를 꺼내었다.

"몬스터가 처음 대한민국을 타격하고 난 후 우리는 심각한 경제 공황을 겪었습니다. 그것은 이제 막 경제 위기를 이겨

낸 한국에게 너무나도 가혹한 일이었지요. 그때의 한국 재계는 가히 카오스라 말할 만했습니다. 한국의 대들보와 같던 기업들이 픽픽 쓰러져 버렸으니까요. 그중에는 민본금융도 끼어 있었습니다. 민본금융은 총 10개의 계열사를 가진 명실공히 대한민국 최고의 금융 그룹이었습니다. 하지만 이른바 '몬스터 리스크 머니 파동' 때문에 일순간 무너지고 말았지요."

이 사실은 화수 역시 아주 잘 알고 있는 사실이다.

"그것은 대한민국 국민이라면 모두 다 알고 있는 일이지요. 저도 잘 압니다."

"그래요, 대령님도 잘 아시겠지요. 그렇다면 그때 이 회사의 자본을 회수한 사람들이 누구인지도 아시겠군요?"

"국민 건강 보험 공단이 아니었습니까? 일부는 한국전력공사에서 사들인 것으로 압니다만."

"그래요, 국민 건강 보험 공단이 15%, 한국 전력 공사가 10%를 사들여 간신히 법정관리까진 가지 않았습니다. 하지만 그 이후가 더 문제였습니다. 한국의 공공 기관이 자금을 회수하기도 전에 외국인 투자자들이 치고 들어와서 40%의 엄청난 지분을 사들였습니다. 나머지는 대한민국의 투자 기업들과 기타 주주들이 전량 구매하였습니다만, 이 정도면 기업의 근간이 흔들릴 정도로 엄청난 사태였습니다."

"흐음……."

"그런데 이번 혼돈 사태 이후로 민본금융에 또 다른 문제가 생겼습니다. 외국인 투자 기업 SC홀딩스가 외국인 지분을 모두 흡수하고 국내 민간 자본에까지 손을 뻗쳐 지분율 50.8%를 이뤄냈습니다."

"……!"

"이로써 민본금융의 지주회사는 SC홀딩스가 되었고, 최대 주주로서 회장을 선임하고 이사회를 갈아치울 수 있는 힘을 얻게 된 셈이죠."

"그렇다면 민본금융이 아예 외국인 자본으로 전환될 수도 있다는 소리군요."

"바로 그겁니다. 몬스터 리스크가 불어 닥치기 전이라면 몰라도 지금의 법안으로선 그들의 독주를 막을 수 있는 방법이 없어요."

"흐음……."

몬스터가 지구 곳곳에 창궐하던 사태를 몬스터 리스크라고 표현하는데, 이때 재계가 받은 타격을 몬스터 리스크 머니 파동이라고 부른다.

줄여서 '몬스터 파동'이라고도 부르는 이 사태는 대한민국 재계를 혼돈에 빠뜨려 버렸고, 국가의 기반 시설이 거의 대부분 파괴되었다.

이때 대한민국의 개헌이 꽤 많이 수정되어 구조 조정과 재계 재편성 등이 이뤄졌다.

외국인 투자자들은 이때를 기회로 삼고 엄청난 자금을 쏟아부어 한국의 굵직한 회사들을 꽤 많이 사들였다.

그중에서도 시한폭탄처럼 리스크를 안고 있던 것이 바로 민본금융이었다.

"그때의 한국은 민본금융이 외국인의 손아귀에 떨어지는 것을 간신히 막았다고 생각했습니다만, 그들이 가진 잠재력은 생각보다 더 대단했습니다. 지금에 와서 폭탄을 터뜨릴 생각을 했을 줄이야. SC홀딩스는 괴물입니다."

"흐음, 그것참 큰일이군요."

"그런데 웃긴 것은 대통령령으로 법령이 정해지기 전에 이들이 몬스터 마켓에 침투했다는 겁니다."

그는 몬스터 마켓의 입찰자 카탈로그에 적힌 민본금융의 전용 계좌 안내문을 보여주었다.

"몬스터 마켓에는 아직 두 개의 금융회사가 입, 출금 담당 은행으로 들어와 있는데, 그중에 하나가 바로 민본금융입니다. 하나는 국립 회사인 농협이고 나머지 하나는 민본금융이지요."

"그렇다면 민본금융에 문제가 생기면 몬스터 마켓이 다시 재정비가 되어야겠군요."

"만약 그때를 노려서 다시 정치적 문제가 개입된다면 사태는 원점으로 돌아가고 말 겁니다."

"이런……"

그는 화수에게 사건의 개입을 부탁하였다.

"강화수 대령님, 몬스터 마켓은 대통령께서 당신을 통하여 간신히 이뤄낸 숙원 사업입니다. 그로 인해서 지금의 체계가 만들어지게 된 것이고요. 만약 이것에 반전이 생긴다면 민생 은 또다시 혼란에 빠질 겁니다."

"하지만 제가 할 수 있는 일이 있겠습니까? 저는 그저 군인 일 뿐인데요."

"있습니다."

임춘봉은 기다렸다는 듯이 화수에게 서류 뭉치를 하나 건 넸다.

"이 사람을 찾아주십시오."

"사람이요?"

서류에는 러시아 국적을 가진 여성과 그에 대한 프로필이 나와 있었다.

니나 소로키나

나이: 27세

국적: 러시아

신체 조건: 171cm, 61kg

계급: 중사

소속 부대: 러시아 극동 지방 몬스터 토벌 전진기지(마가단).

(중략)…….

화수는 고개를 갸웃거렸다.

"이게 누구입니까?"

"니나 소로키나 중사, 러시아 극동 지방 몬스터 토벌군단 제2사단 소속 스나이퍼입니다."

"그래요, 군인인 것은 알겠습니다만, 이 여자가 이번 사건과 무슨 상관이란 말씀이십니까?"

"아주 깊은 상관이 있어요."

그는 또 다른 프로필을 화수에게 내밀었다.

콘스탄틴 소로킨

나이: 36세.

국적: 러시아.

신체 조건: 187cm, 91kg.

조직 내 서열: 3위(공식적 2위)

(중략)…….

프로필에 나와 있는 남자는 아주 건장한 체구의 남자였는데, 특이 사항에 셰콜린스의 2인자라고 표기되어 있었다.

"현재 셰콜린스의 공식적인 후계자는 붉은색의 사샤, 알렉산드르 야코블레프입니다. 하도 사람을 많이 죽이고 다녀서 붉은색이라는 별명이 붙은 알렉산드르는 보스 레오니드의 오른팔이자 사위입니다. 한마디로 콘스탄틴은 그냥 얼굴마담이고 조직은 가족인 알렉산드르에게 돌아간다는 소리죠."

"으음, 그렇군요."

"하지만 후계 구도에서 밀려 나긴 했어도 여전히 콘스탄틴은 셰콜린스의 핵심적인 인물입니다. 이번 민본은행 인수 합병에 그가 참여하여 혁혁한 공을 세웠지요."

"지분을 매집한 놈이 바로 이놈입니까?"

"네, 맞아요. 러시아 정보부에서 빼낸 1급 기밀에 의하면 SC홀딩스는 셰콜린스의 주력 자금줄이라고 합니다. SC홀딩스는 콘스탄틴의 회사이고요. 그러니 이번 사건의 핵은 콘스탄틴 소로킨이 틀어쥐고 있는 것이나 마찬가지지요."

"콘스탄틴의 지분은 얼마나 됩니까?"

"민본은행의 지분율 20%를 가지고 있습니다. 그는 이번 사태를 조장하는 데 결정적인 역할을 했는데, 민간 자본 10%를 매집하는 데 성공하였지요. 아마 나머지 전체 지분은 그에게

상으로 주어진 것으로 보입니다."

"흠……."

"우리 정부가 그에게 몇 차례 줄을 댔습니다만, 번번이 거절당하고 말았습니다. 한 번만 더 심기를 건드리면 민본금융을 아예 산산조각 내버린다고 엄포를 놓았지요."

"이건 좀 심각한 상황인 것 같은데요?"

"예, 그렇습니다. 하지만 그에게 금지옥엽 여동생이 있다는 것이 돌파구가 될 것입니다."

"으음, 그렇게 될 수 있을까요?"

"아시다시피 러시아 극동 지방은 S—11의 영향력 때문에 전파가 차단됩니다. 그 때문에 전자 기기를 사용할 수 없지요."

화수는 그의 주장 중에서 잘못된 부분을 지적하였다.

"S—11 때문이 아니라 지하에 잠들어 있는 모종의 세력 때문이지요."

"아아, 그런가요? 아무튼 극동 지방 전선은 러시아뿐만이 아니라 전 세계 최악의 격전지로 분류됩니다. 그곳은 지금 거의 원시적인 방법으로 전투를 꾸역꾸역 버텨내고 있습니다. 그곳에 지원한 사람들은 거의 생사를 확인할 수가 없지요."

"그런 전선에 동생이 자원해서 간 것이군요?"

"예, 그렇습니다. 지금 연락이 끊어진 지 3년이 넘었답니다. 아무리 극동 지방이라곤 해도 1년 이상 연락이 끊어지는 경우는 드물거든요."

"그건 그렇지요."

"전사했을 수도 있고 실종되었을 수도 있지만 만약 대령께서 그녀를 찾아내어 주신다면 콘스탄틴의 마음이 돌아설 수도 있을 겁니다."

"으음……"

화수는 러시아 극동 지방이 얼마나 위험하고 낙후된 전장인지 너무나도 잘 알고 있었다.

중사 시절, 그곳에서 한 번 목숨을 잃을 뻔한 화수는 러시아 극동 지방 쪽으론 오줌도 안 싼다고 다짐했다.

"그녀를 찾아주시지요."

"하지만 그녀가 전장 한가운데 있다면 찾기가 너무 힘들 겁니다. 하루가 걸릴지, 한 달이 걸릴지, 일 년이 걸릴지는 아무도 몰라요."

"그때까지 시간은 저희들이 벌겠습니다. 그러니 대령께서는 그녀를 찾아와 주시기만 하면 됩니다."

"거참……"

"힘든 임무라는 것을 잘 알고 있습니다만, 지금은 딱히 대안이 없습니다. 우리 정부가 이뤄낸 민생 구제 정책이 다 무너진다면 대령님께도 분명 타격이 될 것이라 생각합니다."

지금 자운화학이 맡은 사업들이 우르르 무너져 내린다면

분명 부대원들과 식구들, 사원들에게까지 피해가 갈 것이다.

이제 그는 개인의 희생만 생각해선 안 될 한 집단의 총수가 된 것이다.

화수는 하는 수 없이 그의 제안을 받아들였다.

"후우, 좋습니다. 제가 가겠습니다."

"정말이십니까?!"

"다만 그곳은 너무 위험한 곳이니 야차 중대 전체가 갈 수는 없습니다. 지원자만 받아서 함께 가겠습니다."

"물론입니다. 대령님 편한 쪽으로 하십시오."

그는 사건 파일을 받곤 어색하게 웃었다.

"후후, 재미있는 여행이 되겠군요."

"매번 이런 사건만 맡겨서 송구스럽게 생각합니다. 하지만 나라를 위하는 마음 때문이니 너그럽게 생각해 주십시오."

"예, 알겠습니다."

화수는 이제 택시에서 내려 다시 지하철을 타고 야차 중대로 향했다.

*   *   *

늦은 밤, 중대 본부로 모여든 대원들의 표정이 좋지 않았다.

"하필이면 러시아 극동 지방이라… 왜 그런 생지옥에 지원

한 것일까요?"

"내막까진 잘 몰라도 그곳으로 가서 3년 동안 연락이 끊어
졌다면 걱정이 될 만도 하지."

"으음, 그건 그렇군요."

전원이 러시아 동부 원정에 찬성을 하긴 했지만 썩 달가워
하는 표정은 아니었다.

그나마 제이나가 그곳의 수려한 풍경을 감상할 수 있다며
기뻐했다.

"간만에 자기와 함께 설원 구경할 생각을 하니 가슴이 설레
는데?"

"어이, 할망구. 우리가 설원으로 갈지 어떨지 어떻게 알아?"

"사람이 실종될 지역이야 뻔하지, 뭐."

현재 러시아 극동 지방은 날씨가 오락가락하는 데다 곳곳
에 온천이나 활화산이 마구 터져 나오고 있어 한 치 앞을 내
다볼 수가 없었다.

그렇지만 제이나는 그곳에서 무려 4년이나 파견 생활을 했
기 때문에 길을 찾는 데엔 도가 텄다.

"남부 해안가를 따라서 가는 편이 좋아. 어지간한 부대는
그곳에 다 집중되어 있거든. 게다가 해안가는 아직 설원 지대
가 지배적으로 많아서 경관이 아주 수려하다고."

"끄응, 저 노망난 할매랑 사지를 헤맬 생각을 하니 앞이 깜

깜하군."

"어이, 꼬맹이. 그곳은 위험한 곳이니 이 언니가 일일이 챙겨 줄 수가 없어. 그러니 조심하라고."

"…죽일까?"

화수는 오늘도 만나자마자 싸우는 두 사람을 뒤로한 채 부대원들에게 말했다.

"아무튼 우리는 러시아 동부로 떠난다. 삼 일 후 준비를 모두 끝내고 난 후에 비행기에 탑승할 수 있도록."

"예, 대장님!"

화수는 대원들과 세부적인 일정을 조율하며 출발 스케줄을 잡았다.

*　　　*　　　*

며칠 후, 야차 중대의 전술 비행기가 한국을 떠나 러시아 극동 지방으로 향했다.

첫 번째 경유지는 엘프족 임시 자치구가 있는 레나강 유역이다.

야차 중대의 전술 비행기는 이곳에 주둔 중인 러시아 사하 공화국 방어군에게 동부 지역으로 가는 허가증을 받아야 한다.

전술 비행기에 허가증을 부착하지 않았다가 대공포대에게 적발되면 국적을 불문하고 격추시키기 때문에 허가증은 필수였다.

화수는 허가증이 발급되는 몇 시간 동안 엘프족 임시 자치구를 둘러보았다.

쨱쨱.

수풀이 우거진 엘프족 임시 자치구의 전경은 인간이 동화 속에서 끝도 없이 꿈꿔온 유토피아 그 자체였다.

엘프족 임시 자치구의 경계선에는 인근 마을에서 온 민간인들이 꽤 많이 몰려 있었다.

화수는 이곳에 형성된 물물교환 시장을 돌아다니며 그 전경을 살펴보기로 했다.

주로 엘프족 과일과 각종 약초가 물물교환의 물품으로 나와 있었는데, 민간인들은 그것을 식량이나 술을 주고 구매하였다.

엘프족은 농사를 짓는 기술이 발달하지 못해서 쌀이나 밀과 같은 고탄수화물 음식을 확보하기 힘든 특성이 있다.

하지만 그에 비해 과실의 질이 인간의 것과는 비교를 할 수 없을 정도로 품질이 높아서 그것을 주식으로 삼기도 한다.

반면에 이곳에 사는 인간들은 중국의 값싼 곡물을 대량으로 들여와 생활하지만 과일을 수입하기가 어려워서 비타민이

항상 부족했다.

두 종족은 서로에게 필요한 것을 잘 알고 있었고, 이것을 물물교환으로 극복할 수 있다는 것을 깨달았다.

비록 말은 통하지 않지만 아름아름 손짓과 발짓으로 대화를 나누며 물물교환을 시작한 것이 지금의 시장을 이루게 된 것이다.

이곳 시장에는 철칙이 하나 있는데, 그것은 바로 물물교환 이외의 그 어떤 화폐도 개입될 수 없다는 것이다.

엘프족은 사유재산에 대한 개념이 없기 때문에 화폐 자체가 발달했을 리가 없었다.

함께 수집하고 채취하여 곡간을 채우면 자신이 필요한 만큼만 꺼내어 그때마다 먹기 때문에 사유재산이 필요 없었던 것이다.

또한 엘프족은 욕심은 사람이 사람을 죽이는 가장 큰 이유라는 것을 잘 알기 때문에 돈 자체를 만들지 않았다.

그 때문에 이곳에 오는 주민들은 돈 대신에 자신들이 가지고 있는 곡물만 지참하여 물물교환에 참여할 수 있었다.

화수는 시장에 있는 익숙한 얼굴들에게 인사를 건넸다.

"리게르티나."

"화수 님?"

엘프족 족장의 딸 리게르티나는 부족에서 제일가는 미녀일

뿐만 아니라 정령술의 대가로서 그 명성이 자자하다.

또한 마음씨가 곱고 매사에 신중하여 차기 족장으로 거론되는 사람이었다.

그녀는 화수에게 엘프족의 사과를 건넸다.

"오랜만이네요. 사과 하나 드세요."

"그래도 됩니까?"

"물론이죠."

화수는 아주 새빨간 사과를 한입 베어 물었다.

우득!

아주 단단하고 달콤한 사과에선 향긋한 엘프족 사과나무 꽃향기가 물씬 풍겨났다.

화수는 이것이야말로 천상의 맛이라고 생각했다.

"으음! 황홀하군요!"

"다행입니다. 당신의 입맛에 맞아서요."

엘프족 사과는 인간이 경작할 수 있는 과수로는 절대로 흉내 낼 수 없는 맛과 향을 가지고 있었으며 체력을 회복시키는 효과까지 있었다.

사과 하나를 씹어먹으면 병원에서 네 시간 동안 수액을 공급 받는 것과 같은 효과가 있었다.

비록 대량으로 사들일 수는 없어도 가정에서 가끔씩 다과로 먹기엔 이보다 더 좋은 것이 없었다.

그는 러시아 주민들이 만족해하며 물물교환을 하는 모습을 바라보더니 흡족하게 웃었다.

"하하, 성황이군요. 이 정도면 정말 엘프와 사람이 공존한다고 해도 과언이 아니겠습니다."

"그렇긴 하지만 아직 안심할 정도는 아니에요. 아버지의 말씀에 따르자면 나탈리아 박사가 임시 자치령의 이름을 얻어내긴 했지만 언제라도 사하 공화국 주둔 병력이 공격을 퍼부을 수도 있대요."

"그건 걱정하지 마십시오. 제가 추후에 러시아 정부와 담판을 짓겠습니다."

"그래 주실 수 있나요? 저들은 어지간한 사람들의 말은 듣지도 않던데요."

"러시아 정부에서 저에게 대통령 표창과 국가 영웅의 칭호를 주었습니다. 그만한 발언권은 있어요."

"아하! 잘되었군요!"

화수가 수백만 국민을 구해준 것에 감사하는 마음으로 수여된 러시아 대통령 표창과 국가 영웅 칭호는 그를 러시아에서 가장 영향력 있는 사람으로 만들었다.

비록 그가 러시아 국가 영웅의 칭호를 남용하지 않는다곤 하지만 그렇다고 영향력이 줄어들거나 사라지는 일은 벌어지지 않을 것이다.

최소한 레나강 중류에 대한 일을 마무리 짓는 결정적인 역할을 할 수 있음은 자명한 사실이다.

그녀는 화수에게 목걸이를 하나 건네주었다.

나무의 넝쿨로 만들어진 목걸이에는 아주 영검한 기운이 감도는 것 같았다.

"세계수님의 넝쿨로 만든 부적이에요. 이것을 가지고 있으면 정령의 가호를 받을 수 있을 겁니다."

"이, 이렇게 귀한 것을……."

"당신은 우리에게도 영웅입니다. 영웅에게 드리는 물건은 하나도 아깝지 않아요."

그녀는 화수의 목에 목걸이를 걸어주곤 뿌듯한 미소를 보였다.

"잘 어울려요."

"감사합니다."

두 사람이 담소를 나누고 있을 무렵, 야차 중대의 전술 비행기에 시동이 걸렸다.

휘이이이잉!

"대장님! 허가가 떨어졌습니다!"

"그래, 알겠네!"

화수는 그녀에게 깊이 고개를 숙였다.

"선물 고맙습니다. 나중에 저도 선물이 될 만한 것을 가지고 오겠습니다."

"네, 그래요."

그는 비행기를 타기 위해 돌아섰고, 그녀는 미소를 머금은 채 손을 흔들었다.

제2장
소로키나 중사
구하기

러시아 마가단에 위치한 극동 지역 방어선.

휘이이이잉!

아주 을씨년스러운 바람이 불어오는 이곳 마가단에는 황량한 나무들만이 즐비했다.

핏빛으로 물들어 버린 바다에는 군함이 줄을 지어 늘어서 있었지만, 이지스함이나 항공모함은 찾아볼 수가 없었다.

오히려 2차 세계대전에서 사용하던 거대 전함들과 구식 구축함만이 바다를 가득 채우고 있을 뿐이다.

마치 동화에 나오는 지옥의 오솔길을 보는 듯한 마가단의 경관은 사람으로 하여금 공포감을 느끼게 하기에 충분했다.

화수는 마가단 서부 지역에 비행기를 두고 도보로 이곳까지 왔다.

이번 원정에서 첨단 기기는 아무런 성능을 발휘할 수 없기 때문에 대원들은 오로지 생존에 필요한 물품만 챙겼다.

심지어 수렵 부대에 지급되는 총기에 부착된 과학화 장비들은 모두 제거되었고 무전기도 사용할 수 없었다.

덕분에 짐은 줄어들었지만 구식의 행군을 그대로 이어나가야 하는 불편함이 있었다.

강하나는 자가발전 소형 무전기를 연신 돌려대며 전파를 잡고 있었다.

치이이이익.

—#$%#%^^

—…오늘의 뉴스입니다.

—출발 비디오 여행!

그녀는 연신 고개를 좌우로 흔들었다.

"혼선이 생기는군요. 심지어 한국과 일본에서 건너온 전파도 있어요. 그 먼 거리에서 쏘아낸 전파가 이곳까지 오다니, 뭐가 어떻게 된 것인지……."

"이곳의 지하에는 이상 자기장을 뿜어내는 거대한 몬스터가 잠들어 있다. 러시아 극동 지방에서 그놈에게 죽어나간 러시아 병사만 수십만이야."

화수가 아스타로스를 처음 만나고 난 지 3년이 지났을 무렵, 이곳에서 정체를 알 수 없는 초대형 몬스터가 나타났다.

놈은 검은 그림자로 이뤄진 거대한 구체였는데, 자유자재로 모습을 바꾸고 순간 이동을 하는 등 기괴한 공격 방식으로 러시아 병사들을 떼죽음으로 몰고 갔다.

다행히도 놈에겐 자석에 강하게 반응하는 약점이 있어서 지금까지 동면 상태에 빠뜨릴 수 있었지만, 만약 그놈이 깨어 난다면 동부 지역은 순식간에 쑥대밭이 되고 말 것이다.

약칭 R—15라 불리는 이 몬스터는 방해 전파를 보내고 첨단 기기에 오류를 일으키는 특이한 파장을 호흡처럼 내뿜었는데, 학자들은 이것을 단순히 이상 자기장으로밖에 표현할 수가 없었다.

때문에 지금 사용이 가능한 전자 기기는 거의 전무한 상태이며, 그나마 차와 배를 띄울 수 있다는 것만이 유일한 위안거리였다.

"R—15의 이상 자기장은 정확하게 뭐라 정의하기가 힘들다. 그나마 자동차 전자 기기 계통과 구식 전함이 구동되는 것은 천운이라 할 수 있지. 만약 그것도 없었다면 지금쯤 러시아는 패망하고 말았을 거야."

"그렇게 위험한 곳이라니⋯ 그런데 그 여자는 무엇하러 이곳까지 자원을 해서 온 것일까요?"

"사람이 사람의 마음을 어떻게 100% 다 확신하겠나?"

"하긴."

야차 중대가 대략 일주일간의 행군을 끝내고 도착한 마가단 본부에는 횃불이 일렁거리고 있었다.

화수는 메마른 가시덤불 사이에 교묘하게 숨겨진 인계 철선을 보곤 그 자리 앞에 당장 멈추어 섰다.

"정지."

"초소 앞에 도착한 모양이군요."

횃불이 일렁거리는 곳과는 대략 500미터쯤 떨어진 이곳은 언뜻 보기엔 사람의 흔적을 찾아볼 수가 없었다.

하지만 화수는 동물적인 감각으로 이곳에 인계 철선이 있고 근방에 숨겨진 초소가 있다는 것을 감지해 낸 것이다.

아마도 과학화 장비를 사용할 수 없으니 이런 구식 인계 철선을 설치한 모양이다.

순간, 전방에서 초병들의 낮고 위협적인 목소리가 들려왔다.

"손들어! 움직이면 쏜다! 병아리."

"돌고래."

"누구냐?"

"야차 중대장이다."

"초병 전 3보 앞으로 올 수 있도록."

화수의 신분을 구두로 전해 들은 초병들은 등잔에 불을 붙여 주변을 밝혔다.

치익, 화르르륵!

초병들은 자신들의 앞으로 온 화수에게 총을 겨눈 채 물었다.

"신분증을 제시해라."

양손을 머리 위로 올린 화수는 신분증을 꺼내어 초병들에게 건넸고, 그들은 그제야 우호적으로 변하였다.

"실례 많았습니다. 강화수 대령, 안으로 들어가시죠."

"고맙습니다."

초병들이 화수를 초소 안쪽으로 안내하자, 마가단 전진기지의 야경이 고스란히 눈에 들어왔다.

곳곳에는 장사정포와 견인포 등 야포들이 즐비해 있었고, 그 앞으론 기관총과 박격포 진지가 가득 자리를 잡고 있었다.

아무래도 러시아에서 사용하던 재래식 무기는 이곳으로 다 몰려온 것 같았다.

"인원이 꽤 많이 필요하겠어. 옛날 무기들은 전부 수동으로 작동하기 때문에 손이 많이 가거든."

"대장님께서는 이런 무기들을 다뤄보신 적이 있습니까?"

화수는 현재의 신식 무기들이 들어오기 전, 몬스터에게 파괴된 옛날 구식 무기들의 모습을 떠올려 보았다.

"자세히 기억은 나지 않아. 몬스터들과의 전쟁에서 대부분 파괴되거나 유실되어 없어졌거든. 하지만 내가 하사로 임관하던 시절엔 대부분 수동으로 작동하는 무기들밖에 없었어. 과학화 장비는 인간이 몬스터와의 전쟁에서 살아남기 위해서 만든 것이거든."

"그렇다면 이러한 장비들과도 꽤 친숙하시겠군요."

"뭐, 대충 작동법은 다 알아. 그때의 야차 중대는 특전사의 모든 훈련은 물론이거니와 포병 지식과 해군 지식, 공군 지식까지 전부 다 섭렵해야 했거든. 남들이 주기적으로 주특기 훈련을 받을 때 나는 전군을 떠돌아다니면서 그곳의 훈련을 받았어. 아주 죽을 맛이었지."

강하나는 조금 멋쩍은 미소를 지었다.

"헤헤, 그럼 지금의 야차 중대는 진입 장벽이 많이 낮아진 것이군요?"

"지금도 허들이 그리 낮은 편은 아니지만 그때보단 많이 낮아지긴 했어. 최소한 2주에 한 번씩 UDT훈련이나 HID훈련을 받지는 않잖아?"

예전의 화수는 수렵이 없을 때엔 거의 대부분 대한민국 특수부대나 포병 부대, 공군 부대, 해군 부대 등에 틀어박혀 훈련을 받았다.

덕분에 모르는 지식이 거의 없을 정도이지만 그때는 거의 제정신으로 살아갈 수가 없었다.

화수는 그때의 당시의 힘들던 기억이 속속들이 떠올랐다.

"힘들었지."

"하지만 그런 훈련이 있었기에 지금의 스페셜리스트가 있는 것 아니겠습니까?"

"물론 그렇긴 하지."

강하나가 화수의 과거를 신기한 듯이 묻고 있을 무렵, 미리 러시아로 와 있던 제이나가 화수를 맞이했다.

"자기야, 어서 와."

"루트는 정했나?"

"물론이지."

제이나는 이미 러시아 수렵 부대에 출입할 수 있는 권한이 있었기 때문에 동료들보다 먼저 도착해서 원정 루트를 알아보고 있었다.

그녀는 사령부로 화수를 안내했다.

"나머지 인원은 각자 배정된 막사에 짐을 풀고 대기할 수 있도록. 대장은 나를 따라서 사령관을 만나러 가자고."

"알겠어."

야차 중대는 다소 고단하던 여정을 멈추고 막간의 휴식을 취하기로 했다.

$$* \qquad * \qquad *$$

러시아 극동 지방 방어 사령관 유리 피터로프 상장은 수척한 얼굴로 화수를 맞이했다.

"어서 오시오, 강화수 대령."

"반갑습니다. 오랜만입니다."

"그러게 말이오. 이게 도대체 얼마만이지?"

"한 7년 된 것 같은데요?"

"세월 참 빠르군."

"저는 장군님이 은퇴하신 줄 알았습니다만?"

"…사정이 좀 있소."

당시에도 유리 피터로프 상장은 이곳의 방어 사령관으로 부임하여 고군분투하고 있었다.

7년이면 보직이 바뀔 때도 되었지만 그는 특별군법으로 묶인 몸이라 후방으로 갈 수 있는 권한이 없었다.

그렇다고 지금 당장 전역을 하고 싶어도 국가에서 승인을 미루고 있어서 5년째 사표가 수리되지 않고 있었다.

이미 일흔이 넘은 유리 피터로프는 이제 한계가 왔다는 것을 느끼고 있었다.

"국가에 충성하는 것은 분명 명예로운 일이지만 사람의 신체에는 분명 한계가 있소. 그것은 대령이 더 잘 알 것이오."

"물론 그렇지요."

그는 회한에 가득 찬 눈으로 화수를 바라보았다.

"대령도 군에 발이 묶였다고 하던데, 그것참 못 할 짓이오. 어서 돌파구를 찾기를 바라오."

"말씀 감사합니다."

"진심이오. 명심하시구려."

더 이상의 충성심은 남아 있지 않았지만 부하들과의 전우애와 책임감으로 이곳에 남아 있는 유리였다.

그는 화수와 함께 R—15를 봉인하던 그때를 기억했다.

"비록 아주 찰나의 전투이긴 했지만 대단했소. 당신처럼 몸을 사리지 않는 사람이 있었기 때문에 그나마 여기까지 올 수 있었던 것이지."

"아닙니다. 그동안 희생된 수십만의 젊은 목숨이 있었기 때문에 여기까지 올 수 있었던 겁니다."

"허허, 그런가? 그렇다면 이제 좀 희생이 줄었으면 좋겠는데⋯⋯."

이곳에선 여전히 해마다 수천 명의 희생자가 발생하고 있으며 불구가 되어서 나가는 사람은 그 수를 셀 수가 없을 정도였다.

유리 피터로프는 이제 넌덜머리가 난다는 듯이 고개를 가로저었다.

"…징그럽군."

"곧 잘 풀리실 겁니다."

그는 동병상련을 느끼는 화수에게 자신이 도와줄 일에 대해서 물었다.

"그나저나 이곳까지 온 것을 보면 분명 뭔가 사정이 있을 것이라 생각하오."

"예, 그렇습니다."

화수는 그에게 니나 소로키나의 사진과 프로필을 건넸다.

"이 사람을 꼭 찾아야 합니다."

"니나 소로키나? 이 사람이 누구인데 그러시오?"

"자세한 것은 기밀입니다. 저도 더 이상은 말씀드리기 곤란하군요. 하지만 우리 군에 꼭 필요한 사람입니다."

유리 피터로프는 화수에게 몇 마디만 물어보곤 더 이상 사정을 캐물으려 하지 않았다.

"뭐, 좋소. 우리 러시아가 지금까지 살아 있는 것도 모두 대령의 공인데 그 정도 해주는 것이 뭐 어렵겠소?"

"감사합니다."

"다만 이곳의 사정이 그리 좋지 않아서 사람을 찾을 수 있으리란 100% 보장이 없소."

"알고 있습니다. 그래서 그 확률을 늘리기 위해서 제이나 중령을 이곳까지 보낸 겁니다."

"그래, 사람이 잘 다니는 길목은 저쪽이 훨씬 잘 알겠지."

그는 화수에게 군사령부의 기록 보관실에서 작전 일지 등을 열람할 수 있는 통행증을 발급해 주었다.

"이것을 가지고 사령부 기록 보관실로 가보시오. 아마 그곳에서 도움을 줄 수 있을 것이오."

"감사합니다."

"뭘, 이 정도 가지고."

화수가 통행증을 발급해서 나가려는데, 유리 피터로프가 화수에게 말했다.

"아아, 강화수 대령, 대통령께서 조만간 식사를 좀 하고 싶다고 말씀해 오셨소. 시간 괜찮을 때 대통령궁에 연락 좀 주시구려."

"대통령께서 직접 말씀이십니까?"

"며칠 전부터 나에게 편지를 보내어 직접 소식을 전하라고 하시더군."

그는 화수에게 초대장을 건넸다.

"만약 바쁘지 않다면 꼭 가주시오."

"예, 알겠습니다."

화수는 초대장을 갈무리한 채 사령관실을 나섰다.

*   *   *

극동 지역 방어 사령부, 통칭 극동사 기록 보관실을 찾은 화수는 니나 소로키나의 마지막 작전이 언제였는지 알아보았다.

그녀는 아나디르강 유역을 조사하는 파견 중대의 제2부소대장으로 편성되어 원정을 떠난 것으로 기록되어 있었다.

작전 일지를 관리하는 담당관은 그녀가 마지막으로 다녀간 것이 2년 전이라고 말했다.

"지금으로부터 2년 전에 아나디르강 유역에 뇌전의 소용돌이가 관측되었고, 그것이 몬스터의 형태로 바뀌는 것을 전방 OP에서 발견했습니다. 그녀는 아나디르강 유역에 발생한 이상 현상을 조사하러 떠나서 지금까지 돌아오지 못했지요."

"중대는 지금 어디에 주둔하고 있습니까?"

"아나디르강 유역의 일은 아무도 모릅니다. 그곳에서 사람이 죽었는지 살았는지도 정확히 몰라요. 최전방 지역에서도 그곳은 제1급 위험지역으로 분류되어 병력 투입이 중단되었습니다. 소식을 알고 싶어도 알 수가 없는 상황인 것이죠."

"흐음……."

"만약 그곳으로 가신다면 저는 말리고 싶습니다. 어쩌면 죽었을지도 모를 사람들의 생사를 확인하기 위해 산 사람이 그곳으로 간다는 것은 무리가 아닐까 싶네요."

"그래도 꼭 가야만 하는 이유가 있습니다."

화수는 그녀에게 복사된 일지를 건네받았다.

"이제 루트를 선정하는 데 조금 도움이 되겠지?"

"물론이지."

총 55개의 루트를 계산해 놓은 제이나는 그중에서 두 개의
길목을 지목했다.

"첫 번째 길목은 연안이고 또 하나는 방죽을 따라서 이동
하는 거야."

"어떤 곳이 더 안전할까?"

"둘 다 위험해. 다만 연안에는 부대가 많으니 보급은 수월
하겠지."

화수는 방죽을 따라서 이동하는 길을 선택하였다.

"갈 때는 강을 끼고 갔다가 돌아올 때에 배를 타고 돌아오
자고. 만약 가는 길에 그녀를 발견하지 못하면 배를 타고 돌
아오면서 연안을 샅샅이 뒤지면 되니까."

"알겠어. 그럼 당장 내일 출발할 수 있도록 준비해 둘게."

"그래, 고마워."

이제 화수는 또 한 번 목숨을 건 원정을 시작할 것이다.

다음 날, 구형 장갑차에 몸을 실은 화수와 야차 중대가 마

가단 북쪽으로 난 고속도로에 올랐다.

부우우웅!

원래 마가단은 인구 10만의 항구도시였는데, 몬스터가 창궐하기 전까지만 해도 어업과 조선업이 성황이었고 국제공항까지 갖추고 있었다.

그러나 몬스터가 창궐하고 나서는 인구가 전부 러시아 서부로 이주하여 사람이라곤 군인밖에 찾아볼 수 없었다.

대낮에도 어두컴컴한 고속도로를 달리던 장갑차의 앞에 이상 현상이 목격되었다.

―흑흑흑!

"사, 사람이다!"

고속도로의 갓길에는 창백한 얼굴의 여인이 서 있었는데, 그녀의 발목은 공중에서 대략 10㎝ 정도 떨어져 있었다.

강하나는 사람을 보곤 흥분해서 자리에 가만히 앉아 있지를 못했다.

"사, 사람입니다! 구해야 하지 않겠습니까?!"

"…가만, 가만히 앉아 있어."

"대, 대장님?"

최지하는 강하나를 억지로 자리에 앉히고 그녀의 손을 꼭 잡았다.

"쉿."

"최지하 원사님?"

"가만히 있어. 저건 사람이 아니야."

"……?"

"발목을 잘 봐. 사람이 어떻게 공중 부양을 할 수 있어?"

그제야 강하나는 창백해진 얼굴로 그녀에게 바짝 달라붙었다.

"귀, 귀, 귀신?"

"비슷해. 극동 지방은 이상 자기장의 영향으로 가끔 귀신이 보이기도 해. 과학자들은 그것이 자기장의 영향이라고 말하지만 아직까지 정확하게 밝혀진 사실은 하나도 없어. 그나마 다행인 것은 저것들이 그냥 허깨비에 불과하다는 것쯤?"

잠시 후, 공중을 둥둥 떠다니던 여자가 갑자기 하늘로 올라가 버렸다.

―이히히히히!

쑤우우욱!

"허, 허억!"

"또 장난을 치는군. 이곳에서 사람들이 실종되는 가장 많은 이유가 저런 유린 현상 때문에 그래."

러시아의 수렵 부대는 실체가 없는 환상형 몬스터, 그러니까 통칭 귀신이나 유령이라 부르는 몬스터들이 사람을 홀리는 행위를 유린 현상이라고 정의했다.

유린 현상은 오로지 러시아 극동 지방에서만 볼 수 있는 현상으로, R—15의 이상 자기장 때문에 벌어지는 것으로 예상하고 있었다.

하지만 언제나 그랬듯 학자들은 정확하게 원인을 규명할 수가 없었다.

"아무튼 계속 가자고. 저런 장난질이 하루 이틀 반복될 것은 아니니."

"예, 대장님."

극동 지방에서 2년만 생활하면 공동묘지에서 노숙을 할수 있을 정도로 담이 커지는 것은 전부 이런 현상들 때문이다.

평소에는 활발하던 야차 중대원들도 이번 원정에서만큼은 초연한 모습을 보이지 못했다.

"후우, 올 때마다 느끼는 것이지만 두 번 다시 오기 싫은 곳이야."

"그래도 우리가 해야 할 일이지."

황문식 원사가 실소를 지으며 말했다.

"후후, 그래도 김재성이 저 미친놈은 귀신도 여자라면서 밖으로 뛰쳐나가려 했지."

"큼. 그런 소리를 지금 꼭 해야겠습니까?"

김재성은 이곳에 원정을 온 4년 전, 처녀 귀신의 꽁무니를 따라갔다가 절벽에서 추락사할 뻔했다.

다행히 화수의 손에 의해 구출되었지만 하마터면 목숨을 잃을 뻔한 아찔한 순간이었다.

화수는 이번에도 그런 사고가 일어나지 말라는 법이 없을 것임을 잘 알고 있었다.

"이번 작전에서 개인행동은 철저히 엄금한다. 잠을 잘 때나 심지어 화장실을 갈 때에도 3인 1개 조로 짝을 이뤄서 다닐 수 있도록."

"예, 대장님."

화수는 이번 원정이 결코 쉬운 길이 아님을 너무나도 잘 알고 있었다.

'정신을 놓으면 대원이 죽는다.'

오늘따라 더 바짝 긴장의 끈을 조이는 화수이다.

*   *   *

늦은 밤, 야차 중대가 잠시 휴식을 취하는 중이다.

"쿠울……."

무려 27시간을 내리 달린 야차 중대이기에 피곤이 몰려오는 것은 당연한 일이었다.

전 대원이 잠들었음에도 불구하고 김태하 상사와 최지하

원사는 잠을 이루지 못하고 스코프와 쌍안경을 들여다보고 있었다.

"전방 100미터 앞, 여우 한 마리가 보입니다."

"몬스터는 아니겠지?"

"아마도 그럴 겁니다. 이렇게 험한 곳에 무슨 야생 여우가 있겠습니까?"

최지하와 김태하는 장갑차 해치 너머로 보이는 미루나무 꼭대기를 바라보며 외쳤다.

"대장님! 뭔가 좀 잡힙니까?"

"…아니! 없어! 신호가 전혀 안 잡혀!"

"이런, 광대역 무전기도 통하지 않는 것을 보면 앞으로 사령부와 연락하는 것은 당분간 불가능하겠군요."

최지하와 김태하가 경계를 서는 동안 강하나 중위는 화수의 도움을 받아 광대역 무전기를 작동시키고 있었다.

끼릭, 끼릭.

오로지 태엽으로 돌아가는 이 광대역 무전기는 극동사 작전지역에서 유일하게 사용할 수 있는 통신 수단이었다.

광대역 무전기는 반경 450㎞를 커버하는 기계인데, 현재 화수가 있는 곳에서 마가단까지는 무전이 아주 생생하게 닿고도 남을 것이다.

잡음이 심하긴 하지만 고유주파수를 사용하는 무전기이기

때문에 의사 전달은 얼마든지 가능했다.

그런데 지금은 잡음조차 잡히지 않고 있으니 야차 중대로
선 답답할 노릇이었다.

"이러니 실종이 되었겠지. 그래, 이제야 그들이 3년째 연락
이 닿지 않는다는 것이 이해가 가는군."

"대장님, 이젠 어쩝니까? 작전 상황을 보고하지 못하면 우리
가 어디에 있는지 알 도리가 없을 텐데요."

"그러게 말이야."

그나마 군사용 지도를 통하여 작전 상황을 기록하고는 있
지만 이렇게 연락이 두절된 상태에서 사고라도 당하면 적절히
대처할 방법이 없을 것이다.

천만다행으로 나침의가 올바르게 작동하고 있기는 하지만
이 또한 100% 신뢰할 수는 없었다.

러시아 극동 지역은 나침의뿐만이 아니라 인간의 눈까지 속
이는 오묘한 곳이기 때문이다.

화수는 일단 이곳에서 해가 뜰 때까지 대기한 후에 다시
무전을 시도하기로 했다.

"내려가지. 더 이상 시도를 하는 것은 심력과 체력을 낭비
하는 것일 뿐이다."

"예, 알겠습니다."

무전기를 접어놓고 화수의 등에 찰싹 매달린 강하나는 자

신과 화수를 케이블로 단단히 연결시켰다.

끼릭, 끼릭!

"연결했나?"

"예, 대장님."

"그럼 내려가자고."

강하나를 업고 지상으로 내려온 화수는 해치를 닫고 장갑차 안으로 들어왔다.

쿠웅!

장갑차의 문을 닫고 보니 전방에 분홍색 안개가 자욱하게 피어나 있다.

"안개가 분홍색이야?"

"…대장, 아무래도 낌새가 좋지 않은데?"

화수는 황문식 원사 대신 장갑차의 운전석에 앉았다.

부르르르릉!

"가자. 더 이상 이곳에 있다간 무슨 일을 당할지 몰라."

"예, 대장님!"

김태하는 장갑차 해치 앞쪽에 달린 저격총좌에 앉아 전방을 주시하였다.

"대장님, 안개가 점점 더 빨리 다가옵니다!"

"제기랄, 달려야겠어! 모두 꽉 잡아!"

부아아아앙!

장갑차의 가속 페달을 꽉 밟아 동력을 일으킨 화수는 곧장 후진으로 위험지역을 벗어나려 했다.

그러나 도망가면 갈수록 안개가 점점 더 빨리 다가왔다.

스스스스스!

"이제 가시거리 안에 안개가 당도했습니다!"

"…안개가 살아 있는 생물이라도 되는 건가?!"

그는 곧장 가속 페달을 끝까지 밟았다.

위이이이이잉!

엔진의 rpm이 거의 끝까지 올라가면서 장갑차의 몸체가 한 바퀴 빙그르르 회전하였고, 화수는 그와 동시에 핸들을 반대로 풀었다.

끽!

"가자!"

부아아아앙!

화려한 화수의 운전 스킬이 발현되어 안개를 조금 따돌렸다 싶을 때, 반대에서 안개가 몰려왔다.

"전방 500미터 앞에 안개입니다!"

"뭐라?"

"대장님, 안개가 정말로 살아 있는 모양인데요?"

"빌어먹을, 그런 말도 안 되는 경우가……!"

"좌측으로 틀어야 합니다!"

"알겠어!"

끼이이익!

사이드브레이크를 잡아 앞바퀴를 단단하게 잠가 버린 화수
는 그대로 방향을 틀어 차체를 회전시켰다.

끼익, 부아아아앙!

드리프트로 한차례 위기를 모면한 화수는 그대로 직진하여
숲을 빠져나갔다.

화수는 강하나에게 바뀌는 방위를 계속해서 표시할 수 있
도록 지시하였다.

"작전 일지에 우리의 작전 상황이 변하는 것을 실시간으로
기록하게!"

"예, 대장님!"

그녀는 화수가 방향을 꺾는 족족 좌표를 산출하여 그곳을
점으로 표기하였다.

김태하는 화수가 방향을 꺾자마자 또다시 안개를 관측하였
다.

"대장님, 전방 200미터 앞에 안개입니다!"

"제기랄, 도대체 뭐가 어떻게 된 거야?!"

"아무래도 조명탄을 쏘는 편이 좋겠습니다!"

화수는 최지하를 바라보며 외쳤다.

"최지하, 조명탄!"

"오케이!"

그녀는 소총에 유탄 발사기를 조립한 후 그 안에 조명탄을 장전시켰다.

철컥!

"전방에 조명탄 발사!"

퍼엉!

조명탄이 하늘 높이 올라가 터지며 전방 100미터 앞이 대낮처럼 밝아졌다.

순간, 화수는 자신의 눈을 의심했다.

샤샤샤샤샤샤샥!

"저, 저게 뭐야?!"

"귀뚜라미? 아니, 곱등이? 너무 큰데요?!"

야차 중대의 앞을 막아선 안개의 정체는 아주 거대한 곤충형 몬스터가 뿜어내는 분비물이었다.

화수는 태어나 처음 보는 몬스터의 포위망을 빠져나갈 방법을 궁리하기 시작했다.

"유탄수, 소이탄 준비!"

"오케이!"

최지하는 백린연막탄을 준비하여 장전시켰다.

철컥!

"황문식 원사! 일어났나?!"

"예, 대장님!"

"자네는 지금 당장 장갑차의 차폐 장치를 켜고 공기의 유입을 차단해!"

"알겠습니다!"

이 난리 통에 잠을 잘 수 있는 사람은 한 명도 없을 것이다.

어느새 일어난 전 대원은 빠르게 포지션을 잡고 전투에 대비하였다.

"대장님, 중기관총을 사용할 수 없을 겁니다!"

"상관없다! 소이탄을 따라서 달리면 살 수 있어!"

"예!"

최지하는 강아성 상사와 김태양 상사에게 유탄 발사기를 건넸다.

"유탄 발사기 장착하고 소이탄 준비해!"

"예!"

그녀의 지시에 따라 두 사람이 유탄 발사기를 준비하자, 김예린 소령이 스탠바이 신호를 보냈다.

"잠시 대기! 바람이 잦아들 때까지 기다렸다가 발사하자!"

"오케이!"

대략 2분 후, 바람이 잦아들며 아주 약한 역풍이 불기 시작하였다.

"지금이다!"

철컥, 퍼엉!

쉬이이이이익!

백린연막탄이 바람을 타고 퍼지면서 사방을 가득 채운 정체불명의 곤충들을 불태우기 시작했다.

치이이이익!

화르르륵!

끼에에에에엑!

"효과가 있습니다!"

"좋아, 역풍을 타고 전진한다! 황문식 원사, 장갑차 내부에 산소를 공급시키고 이산화탄소를 내보내서 연막탄을 앞으로 밀어내!"

"예, 대장!"

철컥, 위이이이잉!

백린연막탄이 빠르게 연기를 뿜어내자, 황문식 원사가 이산화탄소로 만들어진 바람을 일으켜 바람의 흐름을 더 빠르게 만들었다.

이산화탄소가 바닥으로 가라앉으면서 백린연막탄의 흐름은 점점 가속도가 붙었고, 이제 화수가 달리는 길에는 오로지 불구덩이밖에 보이지 않았다.

화수가 안개 속을 내달리고 있을 즈음, 그의 목걸이가 검은

빛을 내뿜기 시작했다.

우우우우우웅!

"대, 대장님! 목걸이가 이상합니다!"

"……?"

그는 이 목걸이가 정령의 가호를 받았다는 것을 익히 잘 알고 있다.

'뭔가 있다!'

화수가 황급하게 브레이크를 잡자, 서서히 안개가 걷히며 전방의 풍경이 눈에 들어왔다.

휘이이이이잉!

황량한 바람이 부는 협곡의 꼭대기에 매달린 화수는 불과 5㎝ 앞에 낭떠러지를 두고 멈추어 섰다.

"허, 허억!"

"이, 이게 도대체 어떻게 된 일일까요?"

"이놈의 벌레들이 우리의 심리를 조종하여 차를 절벽 아래로 밀어버리려던 것이겠지."

"…무섭군요."

"아무튼 살았으니 되었지. 모두 무사한가?"

"예, 그렇습니다!"

"더 이상 이곳에서 자기는 글렀으니 장소를 옮겨서 휴식을 취한다. 황문식 원사, 좀 쉬어둬. 나와 함께 번갈아 가면서 운전하자고."

"알겠습니다."

화수는 차를 몰아 위험지역을 신속하게 벗어났다.

제3장
사람을
잡아먹는 협곡

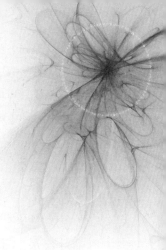

　화수는 마가단 북부 고속도로가 이렇게까지 극단적인 환각 증상을 만들어낸다곤 생각하지 않았다.

　아무리 이상 자기장이 강력한 영향력을 발휘한다곤 해도 지금의 이 현상은 도무지 이해를 할 수 없을 정도로 심각했다.

　그는 지금도 자신의 눈앞을 어지럽히는 환각들을 바라보며 골똘히 생각에 잠겼다.

　—이히히히!

　귀신이 옆 돌기를 하면서 화수의 눈을 어지럽히는데, 그는 귀신의 눈을 똑바로 쳐다보았다.

그러자 귀신이 바람과 함께 흩어져갔다.

—으흐……!

팟!

화수는 이것이 일종의 마법이나 주술이라고 생각했다.

'마법을 사용하는 종족이 있는데 마법을 사용하는 몬스터가 없다는 것은 말이 안 되는 소리다. 그래, 뭔가 환각을 일으키는 몬스터가 출몰했음이 분명하다.'

R—15는 단순히 전자파와 첨단 기기의 오류를 일으키는 정도의 자기장을 만들어내고 있을 뿐, 그 이상의 환각 증상은 놈의 영향권 안에 사는 몬스터가 담당하고 있는 것 같았다.

화수는 여전히 부대의 뒤를 따르고 있는 분홍색 안개를 바라보았다.

스스스스스!

그는 제이나를 불렀다.

"제이나, 이런 연기를 본 적이 있어?"

"으음, 안개가 분홍색이라는 소리는 들어본 적이 없어."

"그럼 이건 도대체 뭘까? 단순히 벌레의 분비물일까?"

"아니, 내 생각엔 일종의 포자와 비슷한 것 같아."

"포자?"

"입자의 특성상 포자에선 수증기와 다른 냄새가 나. 아까

잠시 문을 열어서 냄새를 맡아보니 무슨 버섯의 포자와 비슷한 냄새가 났어."

"버섯이라……."

"버섯 중에는 환각을 일으키는 종류가 많으니 만약 엄청나게 거대한 버섯이라면 이 정도 환각을 만들어내는 것도 무리는 아니지."

"만약 버섯의 형태로 된 몬스터가 있다면……."

"그래, 그것이 가장 타당하겠군. 역시 내 남편은 머리도 좋아!"

화수는 러시아의 수풀 지대에서 사람을 죽음에 이르게 만드는 환각 독버섯을 상당히 많이 보았다.

만약 몬스터가 점점 진화하고 있는 것이라면 주변 환경에 맞게 변모하는 것도 무리는 아니었다.

"이놈들, 자이언트 펑거스다."

"자이언트 펑거스?"

"자이언트 펑거스는 원래 식중독만 일으키는 놈들이지만 식인 식물의 특성을 받아들여 진화하였다면……."

"라플레이시아처럼?"

"그렇지."

지독한 냄새로 천적을 물리치는 라플레이시아의 특성에 자이언트 펑거스의 특성이 합쳐졌다면 지금과 같은 현상이 일어나는 것도 무리는 아니었다.

화수는 누군가 한 명은 저 안개에 푹 빠져야 한다고 생각했다.

"내가 저놈들을 한번 조사해 볼게."

"아니, 너무 위험해. 아무리 자기가 천하무적이라고 해도 환각을 당해낼 수 있을 리가 없어."

"나에겐 인공으로 만들 수 있는 진공 슈트가 있잖아."

"아아!"

그는 식양과 와일드코일로 순식간에 슈트를 만들었다.

쿠그그그극!

사사사삭!

"어때?"

"으음, 배기판까지 아주 제대로 만들었는데?"

"이 정도면 저놈들이 무슨 짓을 벌여도 이상이 없겠지."

그는 당장 해치를 열고 밖으로 튀어나갔다.

"다녀올 테니 이 근방을 돌아다니면서 대기하고 있어."

"알겠어."

화수가 땅바닥에 내려앉자 벌레들이 순식간에 거리를 벌리며 적의를 나타내기 시작했다.

—쉬이이이이익!

"직접적으로 공격을 할 수 있는 기관은 없는 모양이군. 저 정도 공격성이라면 벌써 달려들고도 남을 텐데, 분명 사람을 공격할 수 없는 것이 틀림없다."

그는 벌레 중 한 마리를 잡아서 흡성대법을 시전하였다.

'흡성대법!'

뚜두두두둑!

끼에에에엑!

잠시 후, 화수의 뇌리에 벌레의 시야가 공유되면서 놈들의 생각이 머릿속으로 들어오게 되었다.

놈들은 오로지 하나, 인간의 고기만을 노리고 이렇게 뭉쳐 다니며 사냥을 하는 것이었다.

"개미와 비슷한 과군. 분홍색 안개는 이놈들을 조종하는 연막인가?"

아무래도 분홍색 안개는 인간에게 환각을 줌과 동시에 곤충형 몬스터들을 조종하는 수단으로 보였다.

화수는 또 다른 한 놈을 쳐 죽인 후 그 코어를 먹어치웠다.

슈가가가각!

놈의 뇌리에서 버섯의 위치와 그 생김새에 대한 정보가 나왔다.

그는 직경 50미터의 거대한 촉수 생물을 보았는데, 그 몸통이 마치 버섯과 같은 형태로 되어 있었다.

"잡았다!"

화수는 놈의 위치를 파악하곤 중대원들에게 달려 나갔다.

파밧!

장갑차 위에 올라탄 화수는 강하나 중위에게 좌표를 하나 하달하였다.

"이곳이다! 이곳으로 차를 몰아가면 버섯을 찾을 수 있어!"

"예, 알겠습니다!"

화수의 명령에 따라서 장갑차가 도로 위를 내달리기 시작하였다.

*　　　　*　　　　*

강하나의 계산대로 좌표를 산출한 야차 중대는 현장에서 대략 5㎞ 떨어진 곳에 있는 연못으로 향했다.

위이이이잉!

사람 팔뚝만 한 모기들이 즐비한 이곳은 마치 남미의 정글과 아프리카의 밀림을 절반씩 섞어놓은 듯한 풍경이었다.

하지만 정작 중요한 초대형 버섯은 찾아볼 수가 없었다.

"이상하군. 분명 놈들이 텔레파시를 받은 곳이 바로 여기인데 말이야."

"혹시 대장님이 잘못 보신 것 아닙니까?"

"차라리 그랬으면 좋겠지만……."

잠시 후, 쌍안경을 끼고 있던 최지하가 놀라서 소리쳤다.

"대, 대장! 1㎞ 전방에 초대형 버섯이 있어!"

"찾았군!"

"그런데 한두 개가 아닌 것 같아!"

"뭐라?"

그는 쌍안경을 통해 언덕 너머에 가려져 있는 버섯의 군도를 두 눈으로 직접 확인하였다.

빨간색 주둥이가 달린 대가리에 둥글넓적한 몸통을 가진 초대형 버섯은 아주 진한 분홍색 포자를 뿜어대고 있었다.

놈들의 숫자는 대략 50개, 이 정도면 거의 농사를 짓는 수준이라고 해도 과언이 아니다.

"저놈들, 무리 생활을 하는 놈들인 모양이다."

"어떻게 상대하는 것이 좋을까?"

"버섯이니 고폭탄으로 한 방에 쓸어버리는 것이 현명하지 않겠나?"

제이나는 화수와 최지하의 앞에 프로판가스통을 내밀었다.

쿵!

"끄응, 무겁군!"

"이게 뭐야?"

"뭐긴, 프로판가스통이지. 이것으로 놈을 아주 노릇노릇하게 구워주자고."

최지하는 제이나의 제안에 무릎을 쳤다.

"오호라, 꽤 머리가 좋은데?"

"제아무리 몬스터라고 해도 프로판가스통이 폭발하는 화염에는 장사가 없지. 유탄은 어차피 파편 효과를 노리는 무기이니 대형 화재를 노리기는 힘들어. 그렇다면 남은 것은 소이탄 하나뿐인데, 우리에게 남은 예비 산소통이 별로 없어. 그러니 공격을 가한다면 당연히 가스를 사용해야지."

"쿵, 하지만 당분간 불로 익힌 음식은 못 먹겠군."

"전장이 다 그렇지, 뭐."

화수는 제이나의 가스통 공격을 작전에 도입하기로 했다.

"김태하 상사."

"예, 대장님."

"투석기를 만들어 가스통을 투척하면 그것을 오차 없이 맞출 수 있겠나?"

"저격총으로 클레이 사격을 한다고 생각하면 못 할 것도 없지요."

"하지만 변수가 꽤 많을 텐데?"

지금은 과학화 장비를 사용할 수 없기 때문에 사격 통제장치나 자동 제원 산출 등을 할 수가 없다.

제아무리 김태하라고 해도 과학화 장비 없이 움직이는 표적을 맞추기란 쉽지 않을 것이다.

"저만 믿으십시오. 괜히 매의 눈이겠습니까?"

"하긴, 그건 그래."

화수는 최지하에게 부사수를 부탁하였다.

"최지하 원사, 부사수를 해줄 수 있겠나?"

"물론이지."

"좋아, 그럼 두 사람은 작전을 위해 상의 좀 하고 있어. 나머지 인원은 나와 함께 나무를 좀 하자. 투석기를 만들어 프로판가스를 날리는 거야."

"예, 대장님."

야차 중대원들은 한 손에 야전삽과 전투용 대거를 들고 화수를 따랐다.

*　　　　*　　　　*

늦은 밤, 화수와 중대원들은 서로 경계를 서면서 주변에 있는 나무들을 벌목하였다.

퍽퍽퍽!

예전부터 육군에서 사용하던 야전삽은 공병삽 크기로 개량되어 곡괭이와 톱 대용으로 사용할 수 있게 만들어졌다.

원래 삽날에 붙어 있던 울퉁불퉁한 면을 극대화시켜 톱으로 사용하고 삽의 머리가 꺾어지는 부분에 있던 곡괭이를 더욱 크게 만들어 완전한 곡괭이질을 할 수 있도록 개량한 것이다.

게다가 삽을 티타늄, 다이아몬드 합금으로 만들어 바위를 때려 부수어도 전혀 손색이 없을 정도로 단단했다.

화수는 투석기를 만들기 위해 아름드리나무를 벌목하고 피스로 사용할 묘목도 몇 그루 베어냈다.

무기를 만들어내는 데 천부적인 재능을 가지고 있으며 전문적인 교육까지 받은 정은우 상사는 직접 도면을 짜내어 트레뷰셋을 설계하였다.

그는 제법 익숙한 손길로 나무를 다듬고 그것을 밧줄로 엮어 높이 10미터의 대형 투석기의 틀을 잡아나갔다.

슥삭, 슥삭!

즉석에서 만들어낸 대패로 모난 부분을 다듬고 지렛대를 만들어놓으니 제법 태가 난다.

중대원들은 자신들도 모르게 박수를 쳤다.

짝짝짝.

"오오, 좋아! 이 정도면 400미터는 족히 날아가겠군!"

"제가 만든 것은 구식 트레뷰셋보다 훨씬 멀리 날아갑니다. 우리에겐 몬스터 힘줄과 진보된 설계도가 있지 않습니까?"

"으음, 그건 그렇지."

도르래와 위치에너지를 극대화시킬 와이어 등이 있으니 사거리는 구식 투석기와 비교도 할 수 없을 것이다.

정은우는 프로판가스통을 날리기 전에 그와 비슷한 무게의 바위를 매달아 날려보았다.

끼릭, 철컹!

"하나 포, 발사 준비!"

"발사 준비 끝!"

박격포의 조준경을 이용하여 목표물을 직접 조준한 정은우는 격발장치인 레버를 뒤로 젖혔다.

"발사!"

철컹!

격발장치는 총 15개의 와이어와 연결되어 있어서 그것을 뒤로 젖히는 순간, 고정되어 있던 태엽과 도르래가 풀리면서 지렛대가 움직인다.

엄청난 장력을 통해서 고정된 지렛대가 움직이며 돌을 발사하기 때문에 사거리는 무려 800미터에 이른다.

슈웅!

화수는 쌍안경으로 돌이 날아가는 것을 바라보았다.

쿵!

"명중이다!"

"오케이! 이 정도면 충분하겠습니다."

"정확도도 꽤 높고 사거리도 길어 작전을 수행하는 데 문제

없겠어."

야차 중대의 수중에 있는 프로판가스통은 총 세 개다. 만약 세 번의 기회를 놓치면 적의 반격에 당해 어떤 결과가 초래될지는 아무도 모르는 일이다.

화수는 최지하와 김태하에게 준비 상황에 대해 물었다.

"최지하 원사, 작전은 다 짰나?"

"오케이. 물론이지."

"좋아, 그럼 지금부터 버섯 구이 작전을 실시한다."

야차 중대는 프로판가스통에 화력을 더해줄 고폭탄을 매달아 날리기로 했다.

끼릭, 철컹!

화수는 투석기를 1번 포로 지정하여 사격을 준비시켰다.

"하나 포, 사격 준비!"

"사격 준비 끝!"

그는 김태하 중사를 바라보며 말했다.

"사수, 준비됐나?"

"준비 끝."

"하나 포, 발사!"

"발사!"

화수의 명령에 따라서 투석기의 지렛대가 움직였다.

부웅, 철컹!

슈웅!

프로판가스통이 날아감과 동시에 최지하의 제원 산출이 시작되었다.

"좌로 1밀 보정, 잠시 대기."

"후우."

김태하가 스코프를 조정하고 호흡을 가다듬을 때쯤, 최지하의 사격 명령이 내려졌다.

"사수, 사격 개시!"

타앙!

14㎜ 대물장갑탄이 바람을 뚫고 날아가 프로판가스통 아래에 달린 고폭탄을 타격하였다.

핑!

그러자 고폭탄의 뇌관이 자극을 받아 폭발하며 가스통에 불을 붙였다.

콰아앙!

화르르르륵!

엄청난 열기와 함께 가스통이 터지면서 버섯들의 군도가 순식간에 불바다로 변해 버렸다.

끼에에에에에엑!

"명중입니다!"

"좋았어! 정은우 상사, 김태하 상사, 모두 수고했다!"

"감사합니다, 대장님."

야차 중대가 기쁨에 겨워 하이파이브를 하고 있는데, 저 멀리에서부터 뭔가 거대한 검은 물체가 달려오는 것이 보인다.

쿵쿵쿵!

시속으로 따진다면 대략 90㎞/h 해당할 정도로 빠른 놈의 쇄도에 야차 중대는 당황할 수밖에 없었다.

"이런 빌어먹을! 저건 또 뭐야?!"

"검은색 표범……?"

"디스플레이서 재규어다!"

몸길이가 대략 8미터에 이르는 이 거대 표범의 등에는 네 쌍의 촉수가 달려 있었으며 눈동자는 노랗게 물들어 있었다.

디스플레이서 재규어는 위험 등급 4등급의 몬스터로, 자신과 똑같은 환영을 만들어내는 능력을 가지고 있었다.

그제야 화수는 이번 사건과 디스플레이서 재규어가 연관이 있다는 것을 깨달았다.

"빌어먹을! 꽤 성가신 놈을 건드렸군."

"대장님, 이젠 어쩝니까?"

"어쩌긴, 놈을 잡아서 가죽을 벗겨 버려야지. 다들 알고 있겠지만, 디스플레이서 재규어의 가죽은 ㎏당 수억대를 호가한다고. 저 정도 양이면 돈이 꽤 많이 나오겠는데?"

"…돈이 꽤 많이 나오긴 하지만 우리가 전멸할 수도 있지."

"길고 짧은 것은 대봐야 아는 것이고."

화수는 산탄총을 장전하였다.

철컥!

"내가 전방이고 각 사수들은 엄폐하여 나를 엄호한다! 특히나 저격수 진지를 잘 보호할 수 있도록!"

"예!"

"제이나, 지정 사수로서 나를 보좌할 수 있도록!"

"오케이!"

방패를 든 화수의 뒤로 제이나가 지정 사수로 따라붙으면서 본격적인 전투가 시작되었다.

＊　　　＊　　　＊

서울 강하신도시에 위치한 고급 요정 '불꽃'에 민본금융의 현 회장 천규태와 셰콜린스의 2인자 콘스탄틴 소로킨이 함께 앉아 있다.

디리리링!

구성진 가야금 가락이 울려 퍼지는 가운데 천규태가 딱딱하게 굳은 표정의 콘스탄틴에게 술을 권한다.

"부회장님, 한잔하시죠."

"…이름뿐인 부회장입니다. 어지간하면 직책으로 저를 부르지 말아주십시오."

"아, 예."

천규태는 지금까지 총 50회나 접촉을 거듭하며 콘스탄틴의 마음을 돌리려 하였으나, 번번이 실패를 맛보고 말았다.

워낙 굳건한 심지를 가진 콘스탄틴인지라 조직을 배신하는 일은 결코 하려 들지 않기 때문이다.

그러나 그에겐 단 하나 단점이 있었는데, 그것은 바로 어려서부터 자신이 업어 키운 여동생을 끔찍하게 생각한다는 것이다.

"부회장으로서의 그 직책, 동생을 위해서 붙잡고 있는 것이라고 들었습니다."

"하고 싶은 얘기가 뭐요?"

"만약 우리가 당신에게 동생을 위한 돈을 얼마든지 지원해 주겠다고 하면 지분을 넘겨주실 겁니까?"

"후후, 그렇게 되면 나는 죽어서 사라지고 없겠지."

"대신 여동생은 평생 호의호식할 수 있겠지요."

"내가 죽으면 여동생이라고 온전할 것 같습니까? 제아무리 러시아 군이 버티고 있다곤 해도 전장에서 사람 한 명 죽는 것은 우스운 일입니다."

"하지만 이대로 기회를 놓치긴 아쉬울 것 같습니다만?"

"……"

어려서부터 동생을 홀로 키워온 콘스탄틴은 거부가 되는 것이 꿈이었는데, 그것은 오로지 여동생을 행복하게 해주기 위함이었다.

비록 마피아 오빠가 싫다면서 전장으로 훌쩍 떠나 버린 여동생이지만 그래도 그는 여전히 동생을 호강시켜 주겠다는 일념으로 살아가고 있었다.

그러나 세콜린스의 후계 구도가 바뀌면서 그에게 돌아올 돈이 얼마나 될지는 알 수 없는 상황이 되어버렸다.

현 보스 레오니드는 돈에 관해선 아주 관대한 편이지만 후계자 알렉산드르는 그게 아니었다.

자신의 집안에 속한 사람이 아니라면 확실히 선을 긋고 돈에 대해서도 융통성이 전혀 없었다.

그런 그에게서 뭔가 특별한 대우를 기대한다는 것은 2인자로서도 힘든 일이었다.

콘스탄틴은 이제 결단을 내리지 않으면 안 될 위기에 처해 있는 셈이다.

"조직을 선택하든 돈을 선택하든 후회는 하게 될 겁니다. 하지만 어떤 쪽으로든 좋은 쪽으로 후회해야 하지 않겠습니까?"

"…이 세상에 좋은 후회는 없어요."

"좋은 후회는 없지만 그것을 보상할 만한 결과는 있습니다. 어떠한 선택을 하든 결과만 좋다면 후회를 해도 결국 그게 좋은 후회로 남지 않겠어요?"

그는 자리를 박차고 일어섰다.

쿵!

"앞으로 나를 불러내지 마십시오. 한 번만 더 접촉해서 나를 귀찮게 한다면 가만있지 않을 겁니다."

"좋은 것이 좋은 겁니다. 아무쪼록 올바른 선택을 하길 바랍니다."

"……"

콘스탄틴은 이내 돌아서 요정을 나가 버렸다.

*   *   *

초겨울로 향하는 계절, 태평양 한가운데 눈보라가 몰아치고 있다.

휘이이이잉!

이 눈보라는 점점 거세져 혹한을 머금은 태풍으로 변해갔다.

고오오오오!

태풍의 눈에선 붉은색 빛줄기가 내려와 바다와 연결되었는데, 그것은 깊이를 알 수 없을 정도의 심해까지 내려갔다.

스스스스스!

붉은색 빛줄기는 심해에 가라앉아 있던 무언가를 자극하였고, 그것은 이내 작은 몸통을 꿈틀거리며 바다 위로 떠올랐다.

크헥, 크헤에엑!

빛줄기는 붉은색이었지만 이 작은 괴물의 몸통은 파란색이었다.

심해를 닮은 푸른색 몸통에는 날개처럼 생긴 지느러미가 달려 있었고 등지느러미는 두 쌍으로 목덜미부터 꼬리까지 이어져 있었다.

몸통의 중간에 붙어 있는 지느러미와 비슷하게 생긴 것들이 곳곳에 자리 잡고 있었으며 꼬리에는 여덟 쌍의 날개 모양 지느러미가 붙어 있었다.

삼각형 머리는 꼭 용의 것을 닮아 있고 몸통은 온통 단단한 갑옷과 같은 비늘로 둘러싸여 있었다.

대략 5㎝에 불과한 이 작은 괴물은 물에 닿아도 꺼지지 않는 불을 뿜어댔다.

크르르룽, 크아아아앙!

화르르르륵!

놈의 불길은 주변을 지나던 참다랑어를 스쳤고, 참다랑어는 순식간에 푸른색 불꽃에 휩싸여 죽어갔다.

괴물은 자신의 족히 열 배에 달하는 참다랑어를 게걸스럽게 먹어치웠다.

우득, 우드드드득!

쩝쩝쩝.

놀랍게도 이 커다란 참다랑어를 다 먹어치운 괴물은 일전의 두 배에 달하는 덩치로 커졌다.

뚜두두둑!

먹는 족족 몸집이 불어나는 이 괴물은 참치를 잡아먹자마자 그다음 사냥감을 노렸다.

쉬이이이익!

시속 250㎞의 엄청난 속도로 쇄도해 나간 괴물은 참돌고래를 공격하였다.

크아아앙!

서걱!

이빨로 배를 물어뜯고 순식간에 내장을 뜯어낸 놈은 아직까지 신경이 살아 있는 돌고래를 산 채로 뜯어 먹었다.

뚜두두둑!

돌고래를 뜯어 먹는 족족 몸집이 커진 괴물은 이제 몸길이 1미터의 제법 탄탄한 신체를 갖게 되었다.

크르르릉!

놈은 더 많은 사냥감을 포획하기 위해 자리를 옮겼다.

제4장
레서 블랙
드래곤

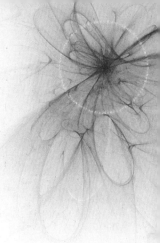

　디스플레이서 재규어의 신형은 아주 빠르고 기묘해서 제아무리 능숙한 사냥꾼이라고 해도 쉽사리 상대할 수가 없다.

　화수는 자신의 방패를 마구 갈겨대는 디스플레이서 재규어의 허상들을 바라보며 이를 악물었다.

　깡깡깡!

　크아아아앙!

　"빌어먹을 놈, 맨티코어보다 훨씬 귀찮은 녀석이군!"

　거대한 발로 화수를 짓누르는 것으로도 모자라 여덟 쌍의 촉수를 마치 채찍처럼 휘두르는 놈의 공격은 상대하기가 여간

까다로운 것이 아니었다.

촤락!

"크헉!"

놈의 채찍 공격에 화수의 옆구리가 노출되었고, 그는 단말마의 비명을 지르며 중심을 잃고 말았다.

하지만 그는 스프링처럼 몸을 튕겨내 곧장 일어섰다.

파밧!

"이런 빌어먹을 고양이 자식, 끝장을 내주마!"

화수는 식양과 와일드코일을 소환하였다.

스스스스스스!

끼릭, 끼릭!

그는 두 놈을 조합하여 아주 거대한 그물을 만들어냈다.

"가라!"

그물은 디스플레이서 재규어의 신형을 덮쳐갔고, 놈은 그것을 피하기 위해 재빨리 몸을 날렸다.

팟!

하지만 그것은 김태하 상사에게 빈틈을 노출시키는 결정적인 계기가 되었다.

"본체가 보이는군."

피융!

퍽!

크르르르릉!

발을 얻어맞은 디스플레이서 재규어의 본체가 갸우뚱하며 땅으로 떨어져 내렸고, 화수는 그것을 놓치지 않고 장을 쳤다.

"천혈수라장!"

콰과과광!

화수의 무공은 이제 화경을 지나 현경의 끝자락에 도달해 있었는데, 지금까지 흡수한 내단에 몸이 아직 적응하지 못했기 때문에 현경의 경지를 돌파하지 못하고 있을 뿐이었다.

그가 극성으로 전개한 천혈수라장은 천지를 진동시키며 디스플레이서 재규어의 머리를 일격에 수박처럼 쪼개 버렸다.

빠각!

꼬르르르륵.

"잡았다!"

"대장님, 요즘 좋은 것을 많이 드시는 모양입니다?"

"좋은 것을 많이 먹기는 했지."

양질의 코어를 워낙 많이 섭취하다 보니 내력의 질도 오히려 전생에 비해서 더욱 좋아진 것 같았다.

그는 디스플레이서 재규어의 시체를 장갑차에 매달아 인근 부대로 복귀하여 가죽을 벗겨낼 생각이다.

"황문식 원사, 이놈을 끌고 가는 데 문제는 없겠지?"

"아무리 구식 장갑차라곤 해도 이 정도 덩치쯤은 끌 수 있습니다. 다만 속력이 좀 느려지겠지요."

"괜찮아. 어차피 이대론 작전을 제대로 수행할 수 없다. 이곳에서 남부로 250㎞쯤 내려가면 해군기지가 있다. 그곳에서 부대를 재정비하여 작전을 전개하자고."

"예, 대장님."

화수는 디스플레이서 재규어의 시신을 장갑차에 매달고 남부로 향했다.

*　　　*　　　*

디스플레이서 재규어를 물리친 후 작전지역 알파4(a—4)에서 남쪽으로 내려온 화수는 고속도로의 출구를 찾았다.

그러나 황문식 원사는 아까부터 계속되는 분기점에 고개를 갸웃거렸다.

"…이상한데요? 고속도로에 출구가 없다는 것이 말이나 됩니까?"

"그러게 말이야."

벌써 20번째 같은 분기점만 맴돌고 있으니 야차 중대원들은 이제 정신이 나가 버릴 것만 같았다.

제이나가 해치를 열고 조명탄을 집어 던졌다.

치이이익!

푸른색 조명탄이 터지면서 전방을 환하게 비추었다.

"이것을 이정표로 삼아 한 바퀴 더 돌아보자고. 우리가 온 곳이 전혀 다른 곳일 수도 있잖아?"

"후우, 그래. 제이나 중령의 말대로 다시 한 번 분기점을 통해 밖으로 나가보자."

"예, 대장님."

황문식 원사는 다시 한 번 차를 몰아 분기점 왼쪽 방향으로 빠져나갔다.

부우우웅!

적막한 고속도로 분기점을 통해 밖으로 나온 야차 중대는 전방에 보이는 아주 희미한 초록색 불빛을 바라보았다.

순간, 중대원들의 눈동자가 휘둥그레졌다.

"으, 으잉?!"

"뫼비우스의 띠처럼 계속 같은 곳을 맴돌고 있었군."

"이게 도대체 어떻게 된 것일까요?"

"이번엔 방향을 바꾸어보자."

"예."

황문식 원사는 직진 방향으로 차를 몰았는데, 여전히 녹색 불빛이 일렁이는 지역을 통과하였다.

"…왼쪽으로 가보자."

"예."

야차 중대는 직진 방향에서 방향을 틀어 왼쪽 분기점으로 나가보았으나 결과는 같았다.

그 이후에도 차선을 바꾸어 반대로 가보았지만 역시 녹색 조명탄이 환하게 주변을 밝히고 있었다.

"미치고 환장할 노릇이군. 도대체 뭐가 어떻게 된 거야?"

"대장, 전방에 안개가 몰려와."

최지하가 쌍안경으로 전방을 살핀 후 짙은 안개의 존재 유무에 대해 보고하자, 화수는 이것이 또 다른 환영이 아닐까 하는 생각을 해보았다.

"디스플레이서 재규어 말고도 이러한 능력을 가진 무언가가 있는 것일까?"

"그렇다면 디스플레이서 재규어의 상위 개념 몬스터가 또 있다는 소리입니까?"

"이놈도 충분히 강한 놈인데요."

디스플레이서 재규어의 위험 등급이 거의 최상급인 것을 감안한다면 그 상위 개념의 몬스터는 최소한 레서 드래곤쯤 될 것이다.

아직 혼돈의 내핵을 소화시키지 못한 화수로선 레서 드래곤은 부담스러운 존재였다.

"빌어먹을, 만약 그렇다면 우리는 진퇴양난에 빠진 것이다. 그놈을 죽이지 못한다면 입구를 찾을 수도 없으니까."

"…미치고 팔짝 뛸 노릇이군."

야차 중대가 거의 패닉에 빠져 있을 무렵, 하늘에서 뭔가 거대한 것이 내려왔다.

부우웅!

순간, 장갑차가 거대한 것에 의해 들려 하늘 높이 올려졌다.

"어, 어어어……!"

"이런 씨발! 이건 또 뭐야?!"

최지하가 잠망경으로 바깥을 내다보곤 기겁하며 소리쳤다.

"드, 드래곤이다!"

"뭐라?!"

"검은색 드래곤이야! 제기랄, 레서 드래곤이 또 나타났어!"

지금은 엘프족의 도움을 받을 수도, 그렇다고 그들에게 구조를 요청할 수도 없으니 야차 중대 스스로 사태를 해결해야 했다.

화수는 일단 장갑차가 유실되는 사태는 막아야 한다고 생각했다.

"내가 와일드코일로 스프링과 낙하산을 만들겠다. 김태하 상사, 놈의 눈알을 맞출 수 있겠어?"

"한번 해보겠습니다."

"자, 그럼 시작한다!"

해치를 연 화수는 와일드코일을 소환하여 낙하산을 만들어냈다.

펄럭!

"낙하산은 준비되었다!"

"예, 알겠습니다!"

김태하 상사는 대물장갑탄을 장전하여 놈의 눈알을 정확하게 타격하였다.

타앙!

순간, 놈이 발버둥 치며 장갑차가 아래로 떨어져 내렸다.

크아아아앙!

"지금이다!"

화수는 와일드코일로 만든 낙하산을 펼치는 동시에 식양으로 용수철을 만들었다.

낙하산 덕분에 추락하는 속도가 줄어든 장갑차는 용수철의 선방으로 안전하게 바닥에 안착하였다.

이제 그들은 디스플레이서 재규어의 가죽이 문제가 아니라는 것을 깨달았다.

"가죽은 버리자! 도망쳐!"

"예!"

트레일러를 분리시키고 본체만 남겨둔 황문식 원사는 재빨리 차를 몰아 레서 드래곤에게서부터 도망치기 시작했다.

부아아아아앙!

하지만 눈알을 얻어맞은 레서 드래곤은 훨씬 더 포악해져 그 뒤를 쫓았다.

후욱, 크아아아아악!

레서 드래곤의 폐부가 거대하게 부풀더니 목구멍을 타고 녹색 화염이 뿜어져 나왔다.

화르르르륵!

이 녹색 화염은 물질에 닿는 즉시 물로 만들어 버리는 초강력 산성 물질에 불이 섞인 것 같았다.

"화, 화염에 염산이?!"

"제기랄, 이놈은 또 염산이야?"

"대장, 아무래도 뭔가 특단의 조치가 필요할 것 같습니다!"

"…특단의 조치라……."

제아무리 날고 긴다는 사냥꾼 화수지만 레서 드래곤은 마주칠 때마다 진땀을 빼게 만든다.

그는 우선 이곳에서 도망치는 것이 급선무라고 생각했다.

"놈의 시선을 다른 곳으로 돌리는 것이 먼저다. 지금 이대론 우리 모두 다 죽을 수밖에 없어."

"하지만 어떻게 놈의 시선을 돌린단 말입니까?"

"잠깐 정신을 잃게 만들 수 있어."

"……?"

화수는 해치를 열고 밖으로 나가 사다리에 자신의 몸을 묶었다.

부아아아아앙!

최대 속력으로 달리는 장갑차 위에 선 화수는 최대한 정신력을 집중시켜 와일드코일과 식양을 소환하였다.

쿠그그그그그.

눈을 감은 화수는 자신의 볼을 스치는 놈의 숨결을 느끼며 이미지트레이닝을 했다.

'정신일도 하사불성!'

잠시 후, 화수가 감았던 눈을 떴다.

"지금이다!"

끄기기기기긱!

화수의 이미지트레이닝은 허공에 벽이 생기는 것이었는데, 이것은 식양의 안에 와일드코일이 철근처럼 자리를 잡아 단단하게 벽을 이루는 방식이었다.

그의 이미지트레이닝은 아주 정확하게 벽을 세웠다.

콰앙!

끄아아앙!

"됐다!"

"저놈, 전속력으로 날아오다 머리를 맞아서 정신을 잃은 모양입니다!"

"이제는 최선을 다해서 도망치는 수밖에 없다!"

"가자!"

황문식 원사는 계속해서 가속 페달을 밟았지만 차량이 좀처럼 앞으로 나아가지 않았다.

털털털!

"허, 허억!"

"…아까 산성 물질이 안개를 타고 내려와 보닛 안으로 들어간 것 같습니다!"

"제기랄!"

"어쩔 수 없어요! 모두 하차해야 합니다!"

화수는 후방 탑승구를 열었다.

"당장 필요한 것만 챙겨서 이곳을 뜬다! 군장도 버려!"

"예!"

중대원들은 손에 집히는 것만 간단히 챙겨서 군장을 꾸렸다.

"하차!"

신속하게 하차한 중대원들은 레서 드래곤을 피하여 숲속으로 몸을 숨겼다.

*　　　　*　　　　*

대서양 남부 해협에 강도 5.1의 지진이 감지되었다.

삐빅, 삐빅.

남부 해협을 지나면서 지진을 감지하는 유엔군 소속 드론이 지진의 진원지를 찾아서 공중에서 바다로 뛰어내렸다.

첨벙!

공중과 바다를 오가면서 정찰을 하는 드론 안에는 지진파를 대략적으로 감지하는 센서가 부착되어 있어 몬스터에 의한 지진(가지진)과 자연적인 지진(진지진)을 감별해 낸다.

드론은 심해에서 생겨난 지진을 감지하고 적외선 카메라를 작동시켜 주변을 살폈다.

지이이잉.

바로 그때, 드론의 앞으로 거대한 검은색 물체가 불쑥 다가왔다.

쿠그그그그그그!

순간, 드론의 지진파 감지기가 터질 듯이 울리기 시작했다.

삐비비비비빅!

드론의 지진파 감지기가 미친 듯이 울리다가 결국엔 경고등이 깨지는 사고가 벌어졌다.

쨍그랑!

크아아아아아앙!

도저히 직경이 얼마인지 알 수도 없을 정도로 거대한 구체가 드론을 삼켰고, 이제 드론의 전원은 더 이상 들어오지 않았다.

치이이이익.

잠시 후, 드론을 집어삼킨 거대한 구체의 정체가 수면 위로 그 모습을 드러낸다.

쿠구구구구궁!

콰앙!

쿠아아아아앙!

천지를 진동시키는 거대한 구체는 다름 아닌 수룡의 형태를 띤 초대형 몬스터였다.

머리의 직경은 무려 100미터에 이르렀고, 머리부터 꼬리까지의 길이는 10㎞가 넘었다.

이렇게 거대한 생물이 대서양을 헤집고 다니는 바람에 지진이 감지되었던 것이고, 심지어 소용돌이까지 일어났다.

고오오오오오!

이것은 놈의 옆구리에 낀 작은 물거품이긴 했지만 인간의 입장에서 본다면 거의 재앙 수준에 가까웠다.

거대한 검은색 눈동자를 반짝이며 수면 위로 올라온 푸른색 몬스터는 마치 물뱀처럼 빠르게 헤엄치며 다시 심해로 대가리를 바짝 들이밀었다.

콰아아앙!

놈이 몸을 던질 때마다 수면은 사납게 일렁여 높이 15미터의 거대한 파도를 만들어냈다.

아마 이 주변을 지나는 선박이 있었다면 분명 좌초되었거나 그 즉시 완파되어 형체를 알아볼 수 없게 되었을 것이다.

수면 안으로 대가리를 밀어 넣은 몬스터가 그 거대한 아가리를 벌리자 심해를 지나던 흰긴수염고래와 정어리 떼가 한꺼번에 빨려들어 왔다.

꾸이이이잉!

지구상에서 가장 큰 포유류로 알려진 흰긴수염고래마저도 이놈에 비한다면 그저 지나가던 개미 새끼에 불과했다.

또한 정어리 떼의 규모가 흰긴수염고래를 능가할 정도이니 한 번의 들숨으로 삼키는 양치곤 엄청났다.

잠시 후, 놈이 날카롭고 거대한 이빨로 삼킨 것들을 잘근잘근 씹어먹으며 소화를 시키자 그 몸집이 더욱 거대해졌다.

뚜둑, 뚜두두두둑!

이제는 두 쌍의 등지느러미에서 서서히 뇌전이 뿜어져 나오면서 파란색 전기의 파장을 만들어냈다.

치지지지지직!

그와 동시에 놈은 바다에서 하늘 높이 튀어 올라 점프할 수 있는 능력까지 갖추게 되었다.

솨아아아아아!

거대한 용오름과 함께 하늘 높이 올라간 몬스터는 그대로 몸을 떨어뜨려 물보라를 만들어냈다.

콰아아앙!

이 여파로 100㎞ 앞의 대지까지 지진해일이 날아가는 재앙이 일어나고 말았다.

쿠구그그그그그!

하지만 정작 놈은 여전히 배가 고픈 모양인지 거대한 이를 드러내며 포효해 댄다.

쿠아아아아앙!

이 푸른색 몬스터는 다시 한 번 하늘 높이 날아올라 사방으로 전자파를 퍼뜨렸다.

치지지지직!

전자파는 지구 전역으로 퍼져 나갔으며, 이것은 놈에게 가장 영양가가 있는 몬스터의 위치를 알려주었다.

크르르르릉!

놈은 자신의 덩치를 유지하기 위하여 대대적인 몬스터 사냥에 나서기로 한다.

*　　　*　　　*

늦은 밤, 브라질 서부의 기상 센터로 급보가 날아들었다.

삐비비비비빅!

기상 센터의 직원들은 바쁘게 급보에 담긴 메시지를 해석하였다.

"드론이 메시지를 보냈습니다!"

"메시지?"

"…지진해일입니다!"

"뭐라?!"

"제2호 드론은 지진파를 감지하였는데, 직경 100미터의 가지진파였습니다."

기상 센터장은 이 엄청난 사태를 어떻게 받아들여야 할지 도무지 감을 잡을 수가 없었다.

"직경 100미터의 가지진파라면 그와 비슷하거나 더 거대한 구경의 몬스터가 바다에 있다는 뜻 아닌가?"

"예, 그렇습니다."

"미치겠군."

"센터장님, 그보다 주민들의 대피가 시급합니다! 이 정도 속도라면 브라질 남부가 초토화되는 것은 시간문제입니다!"

"시간이 얼마나 남았지?"

"대략 30분쯤 남았습니다."

"진원지는?"

"서부 해안 250㎞ 앞입니다. 첫 번째 진원지는 조금 더 가까웠으나 그것이 왜 지금까지 여파를 미치지 못했는지는 미지수지요."

"젠장!"

기상 센터장은 서부 해안에 비상경보를 발령하였다.

"지금부터 센터장 권한으로 주민들의 비상 대피령을 내리겠다. 대통령 내각들에게 이 사실을 알리고 핫라인을 가동시키게."

"예, 알겠습니다!"

브라질 서부 해안 기상 센터가 바쁘게 움직이기 시작했다.

$$*\qquad *\qquad *$$

원인 미상의 지진해일이 발생한 지 20분 후, 브라질 서부 해안의 모든 도시에 대피령이 내려졌다.

위이이이잉!

—모든 주민은 신속히 대피해 주십시오!

"꺄아아아아악!"

"도망쳐!"

비상 대피령이 내려진 도시에는 이미 공황 상태가 찾아왔고, 도시는 약탈과 강간으로 얼룩져 갔다.

쨍그랑!

쇼핑몰로 들이닥친 약탈자들은 돈과 귀중품을 닥치는 대로 털어댔고, 지나가는 젊은 여성들은 이들의 먹이가 되어 무참하게 유린되었다.

"…사, 살려주세요!"

"크흐흐, 어차피 죽을 텐데 재미 좀 보면 어때? 안 그래?"

쇼핑몰 뒷골목은 이미 강간범들이 데리고 온 여성들로 넘쳐났으며, 약탈자들은 장소를 가리지 않고 대로변에서 강간을 일삼았다.

이미 경찰 병력도 철수한 상태이며 구조대와 군부대 역시 내륙으로 대피하여 그녀들을 도와줄 사람들은 이미 찾아볼 수가 없었다.

아비규환, 이제 곧 죽음을 받아들일 젊은이들은 고삐가 풀린 망아지처럼 혼란을 토해냈다.

위이이이잉!

—모든 주민은 대피를……

치이이이이익!

이제 경보기조차 제 역할을 할 수 없을 지경에 이르렀다.

고오오오오오!

연안에서 다소 떨어진 곳에서도 해일을 관측할 수 있을 정도로 사태는 빠르게 전개되었다.

잠시 후, 강간범들과 그 희생자들에게 재앙이 들이닥쳤다.

콰아앙!

도시의 절반이 물에 잠길 정도로 강력한 해일이 몰려와 주민들을 죽음으로 몰고 갔다.

쏴아아아아아!

"꼬르르르륵⋯⋯."

"사, 살려⋯⋯."

피와 눈물로 얼룩이 진 해안 도시들은 이제 더 이상 사람들의 터전이 아니었다.

해일이 연안을 강타하고 난 후엔 시체와 쓰레기로 인해 도시들은 평생 지울 수 없는 멍으로 얼룩지고 말았다.

*　　　　*　　　　*

조용한 오후, 어슴푸레 비춘 햇살이 러시아 극동 지방을 비추었다.

무려 4년 만에 떠오른 햇살이 극동 지방을 비추자, 처참한 숲의 몰골이 그대로 드러났다.

쉬이이이이익.

생명이 차오르던 땅에는 이제 산성 물질이 이뤄낸 죽음의 냄새만이 가득하였다.

야차 중대는 거대한 동굴에 몸을 웅크리고 있다가 몰래 얼굴을 들이밀었다.

"⋯위험한 순간은 넘어간 모양이군."

"놈이 우리를 포기한 것일까요?"

"아니, 그럴 리가 없어. 우리가 놈의 눈알을 날려 버렸으니 당연히 원한을 품고 있겠지."

"지금까지 수많은 몬스터의 공분을 샀습니다만, 지금보다 살 떨린 적은 없었습니다."

혼돈의 경우엔 그나마 해법을 찾아놓은 상태에서 전투를 벌였지만, 지금은 뚜렷한 해법이 없는 상태이다.

아무리 레서 드래곤이라곤 해도 일전에 상대해 본 놈과는 거의 2~3배가 차이가 날 정도로 덩치가 컸다.

더군다나 놈이 사용하는 신묘한 능력은 전래 동화에 나오는 이무기나 도깨비를 연상케 하였다.

지금껏 수많은 몬스터를 수렵한 야차 중대에게도 이번 고비는 넘기기 힘든 산이었다.

화수는 중대의 안전을 확보한 상태에서 움직이기로 했다.

"과학화 장비가 하나도 없는 지금 우리가 믿을 수 있는 것은 감이다. 감이 떨어지면 우리도 죽는 거야."

"비빌 언덕이 없다는 소리군요."

"뭐, 그렇다고 볼 수 있지. 하지만 우리는 야차 중대다. 극한의 상황을 타개하여 생존할 것이다. 반드시."

화수는 투시 시야를 발동시켜 주변을 탐색하였다.

스스스스스.

울창하던 숲이 녹아 없어진 것은 어쩌면 야차 중대에게 플러스가 되는 요인일 것이다.

시계를 가리는 것이 별로 없으니 위험 요소가 절반쯤은 제거된 셈이다.

화수가 뻥 뚫린 황무지에서 투시 시야를 펼친 것은 혹시나 잠재되어 있을 위험 요소를 배제하기 위함이다.

"전방에 위험 요소로 보이는 것은 없는 것 같군."

"다행입니다. 이제 슬슬 식량이 떨어질 때가 되었는데 위험 요소가 있으면 큰일 아니겠습니까?"

"그러게 말이야."

야차 중대는 전술 대형으로 헤쳐 모여 기동하였다.

철컥!

방패를 앞세운 화수는 계속해서 투시 시야로 전방을 살피며 부대를 이끌었다.

그는 이 황량한 곳을 지나 물이 있는 곳을 찾아보았다.

"아무리 덩치가 큰 놈이라고 해도 영역을 확보하는 데엔 한계가 있을 것이다. 마실 물을 찾아보자고."

"장갑차로 돌아갈 수는 없을까요?"

강하나의 제안에 화수가 고개를 저었다.

"그것은 놈에게 기회를 제공하는 일이다. 이대로 활로를 찾는 것이 빨라."

"하지만 지금은 완벽하게 무방비 상태에 놓이는 겁니다. 우리도 뭔가 보험은 있어야지요."

"보험이라……."

가만히 생각에 잠겨 있던 화수가 묘수를 떠올렸다.

"동료들을 부르면 어떻겠어?"

"동료들이요?"

"그래, 동료."

"하지만 지금 이곳으로 어떻게 동료들을 부른단 말입니까?"

"나는 몬스터 지휘 구체와 텔레파시로 연결되어 있잖아. 그놈들을 이용하면 길이 보일지도 모르지."

화수의 제안에 동료들이 무릎을 쳤다.

"아하! 그래, 그러면 되겠군!"

"지금 지휘 구체를 움직여 주변 부대들의 협조를 이끌어낸다면 충분히 승산이 있어."

"좋아, 그럼 식량을 조달할 만한 곳을 찾아서 텔레파시를 보내보자고."

야차 중대는 그나마 산성 물질로 물들지 않은 강가를 찾아서 이동했다.

제5장

돌파구

러시아 사하 공화국 인근 레나강 유역 산비탈에 오크들의
부락이 자리 잡고 있다.

오크들의 부락은 구식 군대의 막사를 모방하여 만든 벽돌
집인데, 막사 하나에 500마리의 몬스터가 상주하고 있다.

이곳에서 대략 10미터 떨어진 곳에는 고블린의 부락이 있
고, 그 주변을 둘러싼 담벼락은 지휘 구체가 24시간 내내 경
계를 서고 있었다.

끼릭, 끼릭.

지휘 구체 중에서도 텔레파시의 영역이 가장 넓은 자이언트

비홀더의 혼종이 화수와의 연락을 담당하고 있다.

일반적인 지휘 구체와 비교했을 때 대략 3배 정도 덩치가 큰 자이언트 비홀더는 산꼭대기에 위치한 망루에서 번을 선다.

척, 척, 척, 척!

크룩, 크룩!

주변 마을의 농사를 돕고 몬스터의 침공에 의해 무너진 마을을 재건하는 데 동원된 오크들이 돌아오자 지휘 구체가 위병소로 전파를 보냈다.

끼릭.

전파를 받은 위병소는 곧장 문을 열고 혹시나 정신 지배의 고리에 연결되지 않은 몬스터가 있는지 감시하였다.

지이이잉.

스캔을 받은 몬스터들이 곧장 시냇물가로 달려가 몸을 씻고 농장기를 깔끔하게 수입하였다.

슥슥.

이놈들의 생활양식은 화수가 가르친 것으로, 모든 일정은 짜인 스케줄대로 칼같이 움직인다.

하지만 오늘은 자이언트 비홀더가 조금 다른 일정을 전파하였다.

―오크, 고블린, 집합!

자이언트 비홀더의 텔레파시에서 화수의 목소리가 들려오자, 몬스터들은 일사불란하게 움직여 연병장에 집합하였다.

척!

키헥!

국군의 제식을 완벽하게 익힌 몬스터들은 자이언트 비홀더에게 경례를 올린 후 부동자세를 취하였다.

촤락!

―모두 모였나?

크룩!

―좋다. 지금부터 명령을 하달한다. 전령.

전령 역할을 하는 지휘 구체가 화수를 바라보며 부동자세를 취했다.

끼릿!

―전령은 지금 당장 엘프족 마을로 달려가 나탈리아 박사를 만나고 나의 전언을 전하여라. 한시가 급하다. 어서 움직이도록.

끼릭!

―나머지 병력은 자이언트 비홀더의 지휘에 따라 중무장한 상태로 대기한다.

크룩, 크룩!

몬스터들은 화수가 티타늄 공장에서 직수입한 방어구와 각종 무기들을 지급 받았는데, 대부분이 근접 무기이거나 투척 무기들이다.

총기를 다루기엔 지능이 한참 모자라기 때문에 구식 무기를 보급하고 방어력에 치중한 것이다.

비록 근접 무기와 투척 무기로 무장하긴 했지만 이들의 방어력은 일반적인 군대와 비교했을 때 거의 5배 수준으로 높았다.

그러니 한 번 원정을 가면 어지간한 몬스터들을 토벌하는 것은 일도 아니었다.

몬스터들은 화수의 명령에 따라서 군장을 결속시키기 시작하였다.

*　　　*　　　*

한편, 화수의 전언을 받은 나탈리아 박사는 지금 당장 동원할 수 있는 차량을 전부 끌어모았다.

부릉, 부릉!

러시아 사하 공화국 주둔 병력이 와해되면서 두 개의 사단만이 이곳에 남았지만, 그래도 이 정도 수송 능력이면 몬스터들을 움직이는 데 큰 문제는 없을 것이다.

나탈리아는 극동 지방에 있는 레서 드래곤의 유무에 대해서 알렸고, 러시아 제91보병 사단장은 즉시 가용 가능한 운송 수단을 총동원하였다.

"레서 드래곤이 그런 황당한 짓을 벌이고 있었다니……."

"야차 중대가 사건을 처리할 겁니다. 수송대는 병력을 실어 주고 작전이 끝날 때까지 외곽에서 대기하시면 됩니다."

"으음, 그래도 그들만으로 그 엄청난 놈을 잡을 수 있을까 요?"

"몬스터 군대가 있으니 큰 문제는 없을 겁니다."

"뭐, 그렇다면야……."

러시아 중앙정부의 입장에선 극동 지방으로 더 이상의 병 력을 투입하는 것이 상당히 부담스러운 일이 되어버렸다.

이미 극동 지방에서 꽤 많은 병력이 손실되었고 재산 피해 와 무기의 손실이 상상을 초월할 정도였다.

거의 대부분의 구식 무기들이 극동 지방으로 투입되어 포 병 병력을 새로 편성하고 억지로 전차를 새로 구입해야 할 지 경이었으니 러시아의 입장에선 여간 손해가 아니었다.

이런 상황에서 화수가 몬스터들로 몬스터를 제거해 준다면 러시아 정부에선 쌍수를 들고 환영할 일이었다.

"더 필요한 물건은 없답니까?"

"작살이 필요하다는데요?"

"작살이요?"

"예전에 고래를 사냥할 때 사용하던 작살 말입니다."

"으음, 그런 작살이라면 남부에서 구해볼 수도 있을 것 같군요."

"극동 지방의 서부 지역을 수복할 수도 있는 작전입니다. 반드시 구해야 해요. 만약 없다면 만들어서라도 가야 합니다."

"그래요. 야차 중대가 그곳을 정리해 준다면야 못 할 것도 없지요."

91보병 사단은 인근 부대에 전부 공문을 보내어 무려 3시간 만에 5천 명을 수송할 수 있는 운송 수단을 마련하였다.

화수가 요청한 숫자는 대략 500마리였지만, 러시아 정부는 아예 동부 지역을 정리할 수 있을 정도의 병력을 수송할 수단을 마련한 것이다.

나탈리아는 이 사실을 화수에게 알리고 작전의 진행 상황을 설명하기로 했다.

그녀는 전령을 앞에 놓고 말했다.

"강화수 대령님, 이곳에서 5천 마리를 수송할 수 있는 차량을 제공하겠답니다."

나탈리아의 말은 지휘 구체를 통하여 화수의 텔레파시로 옮겨졌다.

그는 바로 앞에서 대화하듯 그녀에게 말했다.

─5천 마리라… 엄청난 숫자인데요?

"아무래도 저들은 당신이 극동 지역을 정리해 줄 것이라고 생각하는 모양인데요?"

화수는 실소를 흘렸다.

─후후, 몬스터 4만 마리를 동원하면 못 할 것도 없지요. 하지만 그에 동원되는 금액 역시 만만치 않을 겁니다.

"으음, 그렇다면 이참에 정리 비용을 받고 극동 지역을 쓸어버리는 것이 어때요?"

─아닙니다. 아직은 때가 아니에요. R─15를 제거하지 않고선 이곳을 수복하는 것이 무의미합니다. 이것은 추후에 다시 상의할 문제인 것 같군요.

"아무튼 긍정적으로 생각해 봐요. 이것은 서로에게 좋은 기회 아닐까요?"

─알겠습니다. 긍정적으로 생각해 보지요.

"그럼 몬스터는 몇 마리나 실어 갈까요?"

─쓸데없이 번잡할 필요 없습니다. 오크 1개 대대, 고블린 1개 대대를 동원하겠습니다.

"네, 그렇게 전할게요."

화수의 확고한 입장 표명으로 인하여 1천의 병력이 극동 지방으로 파견되었다.

*　　　　　*　　　　　*

러시아 야쿠츠크에서 출발한 몬스터 부대는 3일 반나절 동안 쉬지 않고 달려 마가단 전진기지에 도착하였다.

이곳에서 지휘 구체를 통해 정확한 위치를 하달 받은 수송대는 작전지역까지 몬스터들을 수송하였다.

화수는 중간에서 차를 세우고 돌아갈 것을 제안하였다.

수송대장 막심 벨로프 중령은 전령 지휘 구체를 앞에 두고 화수와 대화를 나누었다.

"중간에 수송대가 돌아가면 그곳까지 가는 데 꽤 오랜 시간이 걸릴 겁니다."

―그렇긴 합니다만, 차량과 사람들이 피해를 입으면 곤란합니다. 몬스터들은 오히려 사람보다 맷집이 좋아서 어지간해선 죽지 않을 겁니다.

"으음, 잘 알겠습니다. 그럼 물자만 보급하고 돌아가겠습니다."

―그렇게 하시지요.

막심 벨로프는 몬스터 부대를 하차시키고 그들의 군장을 결속시켰다.

"하차!"

크룩, 크룩.

지휘 구체를 통해 번역을 받은 몬스터들은 수송대의 인도에 따라 군장을 결속시키고 출발 준비를 마쳤다.

막심 벨로프는 전령 지휘 구체에게 경례를 올렸다.

척!

"건투를 빕니다."

─고맙습니다.

이제 천 마리의 몬스터가 4열로 늘어서 전술 보행을 시작하였다.

각각 사주경계를 펼치며 걸어가는 몬스터의 머리 위로 지휘 구체들이 떠다니면서 위험을 감지하더니 공격이 이어졌다.

키헥!

전령 지휘 구체와 함께 첨병으로 편성된 고블린들은 특유의 발달된 시야를 통하여 도로를 점검하며 나아갔다.

바로 그때, 전방에 파란색 눈동자의 코카트리스가 나타났다.

크웨에에에에엑!

─…생김새가 이상하군. 놈의 몸이 파란색인데?

원래 코카트리스의 눈동자는 노란색, 빨간색, 검은색으로 나누어지는데, 지금과 같은 생김새는 화수도 처음 보는 것이다.

일이야 어찌 되었든 간에 화수는 몬스터들에게 전투 준비를 명령하였다.

─전군, 전투 대형으로!

크룩, 크룩!

촤락!

티타늄 방패로 벽을 쌓은 오크들이 천천히 진군하자, 길이가 조절되는 장창을 손에 쥔 고블린들이 그 뒤를 따랐다.

척, 척, 척!

꽤나 절도 있는 전군에 압박을 받은 코카트리스가 날개를 펄럭여 하늘로 날아올랐다.

푸드드드드득!

화수는 이때를 놓치지 않고 투척병들을 움직였다.

─도끼, 장도리, 투창, 투척 준비!

척!

─발사!

핑핑핑핑!

몬스터들은 화수의 지휘에 따라서 무기를 사정없이 투척하였고, 그것을 맞은 코카트리스는 거의 넝마가 되어 땅으로 떨어져 내렸다.

쿠웅!

크헤에엑!

─검병, 돌격!

크루우우우욱!

바스타드 소드를 손에 쥔 오크 300마리가 달려 나가 코카트리스를 마구 난도질하기 시작하였고, 놈은 제대로 반항조차 하지 못한 채 죽어갔다.

켁캑캑, 쿨럭!

푸하아아악!

마침내 폐부와 심장이 꿰뚫리면서 코카트리스의 숨이 끊어져 버렸다.

화수는 실제로 전투를 치러본 적이 한 번도 없어서 몬스터 부대의 강력함을 절감하지 못했는데, 이제는 그것을 피부로 실감할 수 있었다.

―…꽤 강한데?

지금까지 몬스터들은 전술에 대한 이해가 없어서 오합지졸처럼 싸워왔을 뿐이지, 제대로 된 훈련과 통제만 받는다면 천하제일의 군대가 될 수도 있을 것 같았다.

화수는 이곳의 좌표를 산출하여 시체의 위치를 파악해 둔 후 몬스터 군대를 움직여 위험지역으로 향했다.

＊　　　＊　　　＊

작전지역 로미오 알파2(RA-2)에 천 마리의 몬스터가 운집하였다.

끼릭, 끼릭.

크룩, 크룩!

몬스터 진영은 다소 번잡한 느낌이 있긴 했지만 화수의 영향력이 직접적으로 닿는 곳에 오니 이전보다 더 군기가 잡힌 모습이다.

화수는 이제 놈을 잡을 때가 임박했다고 느꼈다.

그는 확실한 작전으로 놈을 단 일격에 보내 버릴 계획을 세웠다.

"내가 방패병들을 이끌고 놈의 앞으로 돌격하면 투척병들은 한 발자국 물러나 일정한 거리를 유지한 채 좌측으로 빠진다. 그런 이후에 놈이 산성 물질을 토해낼 때에 맞춰 무차별 공격한다."

"하지만 만약 레서 드래곤 때와 다른 양상을 보인다면 어떻게 합니까?"

"모든 것은 신이 알아서 하시겠지."

화수는 일전의 전투에서 얻은 경험을 토대로 작전을 짰다.

레서 드래곤은 불을 토해내는 시점에 몸이 경직되기 때문에 움직임이 굼떠지고 날개가 딱딱하게 굳어서 제대로 비행조차 펼칠 수 없다.

오로지 활강을 통하여 불을 토해내는 레서 드래곤에겐 가장 강력한 공격을 펼칠 때가 의외로 제일 취약한 때인 셈이었다.

놈이 불을 토해낼 때까지 버티다가 옆구리에서 작살을 쏘아 날개와 꼬리를 잡을 수 있다면 충분히 승산은 있을 것이다.

화수는 러시아에서 공수해 온 초대형 작살을 꺼내어 전용 수레에 그것을 결속시켰다.

"김태하 상사, 자네가 이것들을 통제해서 사격해. 타이밍은 굳이 말하지 않아도 잘 알겠지?"

"물론입니다."

"좋아, 그럼 놈이 올 때까지 기다렸다가 바로 전투에 돌입한다."

작전의 시작이 목전에 도달했을 때쯤, 최지하의 경고가 들려왔다.

"전방에 적 출현!"

"전군, 전투 준비!"

크룩, 크룩!

최지하의 쌍안경에 레서 드래곤이 들어왔을 때쯤, 화수는 방패로 진을 치고 거대한 장벽을 만들었다.

촤락!

"방패진, 전진!"

척, 척, 척!

한 발자국씩 성실하게 전진하던 화수는 티타늄 투창을 힘껏 집어 던졌다.

부웅!

화수는 당문의 전승비기인 비룡섬광비도를 응용하여 투창하였고, 내력을 머금고 날아간 창은 놈의 팔을 노렸다.

피융!

서걱!

가까스로 방향을 틀어 창을 피해내긴 했지만 놈의 팔에는 꽤나 큰 자상을 남기게 되었다.

크르르르르릉, 크아아앙!

드래곤의 팔이 스치면서 상처가 나자, 놈은 흥분하여 화수를 향해 더더욱 빠르게 돌진하기 시작하였다.

쐐에에에에엥!

쿠오오오오오!

"온다! 모두들 충격에 대비하라!"

철컥!

방패진을 모두 열 겹으로 쌓은 화수는 놈의 몸통 박치기를 정면으로 받아냈다.

콰앙!

순간, 화수는 호신강기를 펼쳐 놈의 박치기가 만들어낸 충격을 흡수하여 시간을 벌었다.

그는 호신강기를 펼치는 동시에 장을 뻗었다.

"천혈수라장!"

스스스스스, 쾅!

크웨엑!

머리통을 후려 맞은 놈이 잠시 주춤할 때쯤, 투창병들이 좌측으로 빠져 바닥에 작살대를 고정하였다.

퍽퍽, 철컥!

"투창 준비 끝!"

"좋아, 잠시 대기!"

김태하 상사는 가만히 상황을 지켜보며 입이 벌어지기를 기다렸다.

크르르르르릉, 후우우우욱!

놈의 입이 열리고 폐부가 한껏 부풀어 오르자, 김태하 상사가 작살을 장전하였다.

"지금이다! 장전!"

철컥!

그는 속으로 숫자를 셌다.

'하나, 둘, 셋, 넷……'

저번 전투에서 본 놈의 공격 패턴을 외워두었다가 타이밍을 재는 데 사용한 것이다.

속으로 숫자 열을 셌을 무렵, 김태하가 발사를 외쳤다.

"지금이다! 발사!"

퍼엉!

휘리리리리릭!

초강력 와이어가 감긴 작살이 날아가 레서 드래곤의 날개에 적중하였다.

픽!

크아아아아아앙!

"명중이다!"

이제 남은 병력은 모조리 밧줄에 달라붙어 그것을 힘껏 당기기 시작하였다.

"하나, 둘, 셋! 당겨!"

쫘드드드드득!

크르르르르릉, 크앙!

앙칼지게 아가리를 벌리며 저항하는 놈에게 투척병들의 공격이 이어졌다.

붕붕붕붕!

망치부터 도끼, 투창 등 무기로 사용할 수 있을 만한 것들은 죄다 동원되어 날아들었다.

퍽퍽퍽!

크르르르르릉!

날카롭게 으르렁거리는 놈에게 유탄수들의 공격 역시 불을 뽑었다.

펑펑펑, 콰앙!

크아아앙!

"이놈, 팔다리를 쓰지 못하니 별것 아니구나!"

"대장! 하지만 강력한 한 방이 필요합니다! 놈을 기절시키기 못하면 말짱 도루묵입니다!"

"그건 나에게 맡겨!"

화수는 식양과 와일드코일로 초대형 장도리를 뽑아냈다.

쿠그그그극!

장도리는 대가리의 직경이 무려 15미터나 되었고, 손잡이의 끝에는 와이어가 달려 회전시킬 수 있게 되어 있었다.

그는 양발을 땅에 묻어놓고 힘껏 장도리를 회전시키기 시작하였다.

"흐어어어어업!"

부웅, 부웅, 부웅!

내력이 한껏 담긴 장도리는 점점 더 빨리 돌아가 마치 헬기의 프로펠러처럼 회전하기 시작하였다.

쐐에에에에엥!

화수는 한껏 회전력을 머금은 망치로 놈의 머리를 힘껏 내려쳤다.

"이거나 먹어라!"

빠각!

회심의 일격에 맞은 드래곤이 기절해 버렸고, 그 신형은 바닥으로 떨어져 엄청난 양의 흙먼지를 일으켰다.

쿠웅!

"쿨럭, 쿨럭!"

화수는 이때를 놓치지 않고 달려가 놈의 머리뼈를 갈라냈다.

쿠그그그극!

장도리를 전기톱으로 바꾸어낸 화수는 머리뼈를 순식간에 절단하기 시작하였다.

휘이이이이이잉!

끼이이이잉!

어지간해선 잘 잘리지 않는 놈의 머리뼈였지만 비강부를 시작으로 절개를 시작하니 생각보다 손쉽게 뚜껑이 열렸다.

푸하아아아악!

잠시 후, 사방으로 뇌수가 튀며 놈은 장렬히 최후를 맞이하였다.

"됐다. 놈의 심장이 정지하였다. 작전 종료다!"

"이, 이겼다!"

그제야 안도의 한숨을 푹 내쉬는 화수다.

"후우, 오늘도 어찌어찌 넘겼구나."

아직도 자신이 살아 있음에 감사하는 화수였다.

＊　　　　＊　　　　＊

레서 드래곤의 영향력으로 인해 안개로 가득 찼던 고속도
로가 제 모습을 찾았다.

러시아 극동 지역 방어 사령부 예하 제1451공병대대는 도로
를 가득 채운 차량과 전차들을 수습하고 백골이 되어버린 시
신들을 안장시키기 위해 운구 차량을 가용하였다.

화수는 제 모습을 찾은 고속도로가 피와 살점으로 가득 차
있었으며, 곳곳에서 레서 드래곤의 알이 발견되었다는 것에
놀라움을 감출 수가 없었다.

제이나는 조금이라도 늦게 이곳에 왔다면 레서 드래곤의
알이 부화하여 사태가 걷잡을 수 없었을 것이라고 얘기했다.

"어제 동물 행동 학자들이 찾아와서 알의 내부를 초음파로
관찰했는데, 이미 영양분을 충분히 섭취해서 곧 부화할 것으
로 보였다고 하더군."

"무서운 놈들, 이렇게 어마어마한 개체들이 떼로 몰려든다
면 1개 군단으론 방어할 엄두도 낼 수 없었을 거야."

"우리가 제때 도착했기에 망정이지, 그렇지 않았다면 러시아
중부까지 밀릴 뻔했어."

"이곳이 격전지인 이유가 여기에 있었군."

인간의 손길이 비교적 적게 닿은 러시아 극동 지역이기에 종의 다양성이 보존되는 것은 어쩌면 당연한 일인지도 모른다.

제아무리 최전방 전선이 러시아 최동단 웰렌까지 이어져 있다곤 해도 이 엄청난 땅덩어리를 전부 다 수비할 수는 없었다.

때문에 최전방과 해안선, 북극해 인근을 제외한 모든 지역은 몬스터들의 천국이라고 해도 과언이 아니었다.

러시아는 이곳에 방어진지를 구축하고 몬스터들의 탈출을 억제하고 있을 뿐, 근본적인 해결책을 내어놓을 수 없는 상태였던 것이다.

"이곳에서 어떤 미친 괴물이 태어나도 이상할 것이 없겠군."

"다만, 몬스터 중에서도 포유류와 파충류 등 종족이 꽤 세분화되어 나뉜다는 것이 그나마 다행이라고나 할까?"

"모르지. 놈들의 번식 방법이 어떻게 구축되는지 우리는 알 수가 없으니 파충류와 포유류가 결합해도 할 말 없지 않겠어?"

"하긴."

제이나는 화수에게 이번에 잡은 몬스터들의 코어를 전부 흡수하여 그 생각을 읽는 것을 제안하였다.

"만약 당신이 할 수만 있다면 놈들의 생각을 좀 읽어보는 것이 어떻겠어?"

"레서 드래곤의 심장을 흡수한다?"

"무리일까?"

"흠, 일단 축적하는 것은 문제가 아니지만 앞으로 어떻게 소화를 하느냐가 문제겠지."

"…그럼 하지 마."

화수는 제이나가 제안하기도 전에 이미 그녀와 같은 생각을 하고 있었다.

"아직은 좀 부담이 되긴 하지만 나 역시 이곳의 생태계가 어떤 식으로 돌아가고 있는지 궁금했어."

"아니야, 내가 괜한 소리를……."

그는 고개를 저었다.

"어차피 나는 이것을 흡수할 수 있는 방안이 있어. 여차하면 북극으로 가서 심장을 토해내도 되는 것이고. 나에겐 차선책이 두 가지나 있는 셈이지."

"으음……."

화수는 미련 없이 디스플레이서 재규어와 레서 드래곤의 심장을 차례대로 흡수하였다.

'흡성대법!'

슈가가가가가각!

혼돈과의 싸움으로 인해 단전의 넓이가 충분히 확장되긴 했지만 이것을 전부 다 녹이는 것은 불가능할 것이다.

화수는 몬스터의 코어를 흡수한 후 이것들을 중단전의 구석에 처박아두고 그 안의 기억만 추출하였다.

스스스스스.

눈을 감은 화수의 심연에 놈들의 기억이 각인되기 시작했다.

끼잉!

뇌리를 스치는 장면들이 하나의 필름처럼 이어지면서 완벽한 영상을 만들어내자, 그의 기억과 놈들의 기억이 비로소 하나가 되었다.

그는 레서 드래곤이 어떻게 해서 이곳까지 오게 된 것인지 알아냈다.

"놈은 지하에서 무려 1만 년 동안이나 잠들어 있다가 깨어났어."

"1만 년?"

"중석기 시대에 처음 이곳으로 온 것 같아. 놈은 지하에서 딱딱한 화석의 상태로 버티고 있다가 비로소 깨어나게 된 것이지. 지열에서 뿜어져 나오는 에너지를 원력으로 삼아 1만 년 동안이나 동면할 수 있었던 거야."

"흠……."

"디스플레이서 재규어 역시 마찬가지야. 놈은 이곳 동부 지역 산등성이에 화석의 형태로 잠들어 있다가 얼마 전에 깨어났어. 사람들은 아마도 이놈이 뿌리가 깊은 바위쯤으로 생각했겠지."

"하지만 그것이 오랜 시간이 흘러 생물로서 깨어난 것이군."

"그래. 내 생각엔 아주 오래전부터 지구엔 꽤 많은 숫자의 몬스터가 자생하고 있던 것 같아."

"S—11은 이 사실에 대해서 알고 있을까?"

"모르지. 그와 얘기를 나누어보지 않는 이상에야."

제이나는 한동안 잊고 있던 드래곤 로드에 대한 얘기를 꺼냈다.

"그러고 보니 A—11 역시 우리의 편이라고 한 것 같은데, 그는 만나봤어?"

"아니, 아직까지 기별이 없어서 그를 만나러 가지 못하고 있었어."

"그래?"

아스타로스는 분명 차원의 틈을 통해서 몬스터가 이곳으로 건너온 것이라고 말했지만, 지금의 이 상황은 차원의 틈과는 별 상관이 없는 일이었다.

화수와 제이나는 아스타로스가 지키고 있는 차원의 틈에 좀 더 깊은 사연이 있을 것이라고 생각했다.

"빠른 시일 내에 S—11을 찾아가 보는 것이 좋을 것 같아."

"그래, 내 생각도 마찬가지야."

과연 얼마나 더 대단한 화석이 잠들어 있을지 아무도 모르는 가운데 야차 중대의 제2차 기동이 시작될 예정이다.

＊　　　　＊　　　　＊

서울지방검찰청 제3차장 한석철의 사무실로 국정원 이명철 부장이 찾아왔다.

한석철은 이명철의 방문이 달갑지 않은 표정이다.

조금 딱딱한 소파에 기대어 앉은 이명철은 특유의 백발을 연신 쓸어 넘기며 한석철을 바라보았다.

"요즘 탈모에 안 좋다고 해서 머리를 안 넘기는 젊은이들이 많더군요. 쯧, 멋을 모르는 것들 같으니."

"…설마하니 올백 머리 자랑하려고 이곳까지 온 것은 아닐 테고, 찾아온 이유부터 말씀하시죠."

"이런, 제가 자꾸 헛소리를 해서 기분이 상하셨습니까? 죄송합니다."

"……"

한석철은 육군 첩보단에 있을 때 이명철과 함께 훈련을 받았는데, 함께 대북 작전에 참여한 적도 있었다.

아주 잠깐이지만 이명철과 친분을 쌓은 한석철은 그가 워낙 비밀이 많고 속을 알 수 없는 사람이라는 것을 알게 되었다.

그는 마치 소리 없이 사람을 물어 죽이는 독거미처럼 은밀하고도 기민하게 움직이기 때문에 이명철의 행적에 대해 아는 사람이 별로 없다.

그가 이렇게 그림자처럼 움직이는 것은 국정원에서 이명철에게 내리는 임무가 주로 내사이기 때문이다.

사람의 구린 곳을 뒤적거리고 다니는 이명철이 달가울 사람은 아마 없을 것이다. 또한 그의 원래 성격을 아는 사람은 더더욱 말을 섞고 싶지 않을 터였다.

한석철은 이명철에게 단도직입적으로 물었으나 다시 한 번 헛소리로 일관하는 그를 발견하게 되었다.

"그런데 말입니다, 예전에 있던 요 앞 포장마차는 왜 문을 닫았답니까?"

"…그럴 제가 어찌 압니까?"

"쩝, 그곳의 똥집 맛이 아주 기가 막혔는데."

"그렇게 똥집이 먹고 싶으면 댁에 가서서 해달라고 말해보시지요."

"으음, 그게 아니죠. 집에서 먹는 것과 밖에서 먹는 것이 어찌 같겠습니까?"

"……."

점점 일그러져 가는 한석철의 표정을 바라보던 이명철이 장난기 어린 표정으로 말했다.

"하하, 장난입니다. 더 이상 헛소리 안 할 테니 표정 푸시죠."

"…협박입니까?"

"에이, 뭐 그렇게 살벌한 소리를 하십니까? 함께 보트 타고 북한까지 다녀온 사이에,"

한석철은 이명철이 친한 척을 하자마자 그 끈을 단칼에 잘라 버렸다.

"다시 한 번 묻지요. 용건이 뭡니까?"

"쩝, 역시 냉혈한이군. 뭐, 좋습니다. 그렇게 궁금하다면 말씀드리지요."

이명철은 한석철에게 아주 간단명료하게 용건을 말했다.

"1금융권 은행들 좀 족쳐주시죠."

"……?"

"용건이 궁금하다면서요? 이게 용건입니다."

"아니, 무슨 귀신 씻나락 까먹는 소리도 아니고… 갑자기 은행은 왜 족치라는 겁니까?"

이명철은 이 일에 대해서 더 이상 거론하지 않았다.

"저는 용건을 전했습니다. 그럼 이만……."

"이, 이봐요!"

이명철이 자리에서 일어나 돌아서는데, 불현듯 그의 주머니에서 USB 하나가 툭 떨어졌다.

"어이쿠, 물건을 떨어뜨렸네. 기왕지사 이렇게 된 김에 가지십시오. 제가 드리는 선물입니다."

"…고마워서 눈물이 다 나려고 하는군요."

"아시죠? 원래 국정원의 정보는 외부로 반출될 수가 없어요. 이 정도면 거의 목숨을 걸고 드리는 것이라고요."

"사람에게 일을 시키는데 이 정도 정보도 안 주고 입을 닦으려는 것이 말이나 됩니까? 그리고 그것을 가지고 생색을 내다니……"

"후후, 좋은 쪽으로 생각하십시오. 일이야 어찌 되었든 간에 모두 나라를 위한 것이니 말입니다."

이명철은 이내 자리를 떠버렸고, 한석철은 하는 수 없이 바닥에 떨어진 USB를 집어 들었다.

그는 USB가 양쪽에 연결 잭이 달려 있어서 핸드폰으로도 그 내용을 볼 수 있음을 알 수 있었다.

하나 원래 컴퓨터와 연결되어야 할 연결 잭은 없음으로 어쩔 수 없이 핸드폰으로 볼 수밖에 없다는 단점이 있었다.

"진짜 은밀한 정보란 말인가?"

그는 핸드폰에 USB 연결 잭을 꼽았다.

팟!

그러자 그의 핸드폰에 대략 50장의 보고서와 함께 몇 개의 동영상과 음성 녹취 파일이 로드되었다.

한석철은 그 내용을 천천히 읽어보곤 이내 화들짝 놀라서 입을 쩍 벌렸다.

"허, 허어! 이런 미친놈들을 보았나?!"

그는 USB 안에 있는 내용을 전부 복사하여 SD카드에 저장하였다.

복사가 완료되었습니다

이제 그는 국정원 부장이 전해준 기밀을 공유한 사람이 되었고, 이 일에 관여하지 않으면 안 되는 상황에 처하게 된 것이다.

"제기랄, 저 너구리 같은……."

그는 자신의 휘하에서 가장 믿음직한 부장검사를 불러들였다.

잠시 후, 그의 앞에 특수수사 제1부장 최민석이 다가와 고개를 숙였다.

"부르셨습니까?"

"자네, 일 하나 하게."

"말씀하십시오."

"지금 당장 은행권 찌라시 몇 장 돌리고 제보자로 나설 끄나풀 몇 명 알아봐 줘."

"끄나풀이요?"

"자세한 것은 나중에 설명하겠다. 지금 당장 16개 금융기관
을 전부 족칠 수 있도록 조치해 줘."

"예, 알겠습니다."

"그리고 말이야, 자네 친구 중에서 뒷골목 장물아비 몇 명
있다고 하지 않았나?"

"알고 지낸 지 20년쯤 되는 정보원들이 있긴 하지요."

"그 사람들 내 사무실로 좀 불러줄 수 있겠어?"

"장물아비들을요?"

"그래."

최민석은 지금까지 조직에서 시킨 일에 토를 다는 법이 한
번도 없었다.

"알겠습니다. 이틀 후 장소를 정해서 알려드리겠습니다."

"그래 주게."

이윽고 최민석은 차장실을 나섰고, 그는 소파에 누워 담배
를 한 대 피워 물었다.

치익.

"후우……."

길게 내뿜어져 나오는 연기를 바라보며 한석철은 피식 실소
를 흘렸다.

"허 참, 살다 보니 별일이 다 있군. 제례와 마피아라… 이젠 별의별 놈들이 다 붙어먹는군. 몬스터에 미친놈들과 돈에 미친놈들, 이것들이 아주 대한민국 사법계를 개 똥구멍으로 아네?"

그는 연신 실소를 흘리며 연거푸 담배를 피워댔다.

제6장
사라진 중대

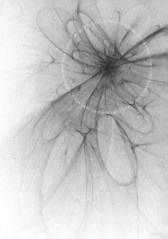

　러시아 극동 지방 서부 지역에서 두 마리의 초대형 몬스터를 해치운 화수는 그 공로를 인정받아 러시아 국민 영웅 훈장을 하나 더 수여 받게 되었다.

　이로써 그는 영웅이라는 칭호를 두 번이나 받은 최초의 외국인으로 기록될 예정이다.

　그러나 화수의 임무는 아직 끝나지 않았다.

　쏴아아아!

　야차 중대는 현재 캄차카반도 최북단 카란츠키 대대에서 전술 보트를 타고 펜지나강을 거슬러 올라가는 중이다.

키를 잡은 황문식 원사는 사주경계를 취하고 있는 대원들에게 현재 위치에 대해서 설명하였다.

"제2작전 구역 5번 지역에 도착했어."

"5번 지역이라… 아직도 1/3도 못 온 거야?"

"그런 셈이지."

"거참, 강 한번 더럽게 기네."

"이곳에서 아나디리강까지 가려면 최소한 이틀은 더 걸릴 거야. 지루하면 교대로 잠이라도 좀 자지? 대장님, 아무래도 절반쯤은 휴식을 취하는 것이 어떻겠습니까?"

"뭐, 틈틈이 눈을 붙이는 것쯤은 괜찮겠지."

황문식 원사는 대원들을 둘로 나누어 휴식을 취하도록 하였다.

"제이나 중령과 김예린 소령을 필두로 나누어 휴식을 취하시지요."

"알겠어요."

김예린은 알아서 인원을 나눈 후 침낭을 덮고 보트 중간에 일렬로 늘어서 잠을 잘 수 있도록 하였다.

언제나 그랬듯 황문식과 최지하는 서로의 눈과 귀가 되어 주며 함께 길을 헤쳐 나갔다.

화수는 잠시나마 찾아온 안정기를 통하여 작전을 재정비하는 시간을 가졌다.

원래 펜지나강은 아나디리강과 이어지지 않고 최북단에 있는 콜리마산맥에 가로막혀 있었다.

그러나 최근 10년 동안 수차례의 지진이 있었고, 그로 인하여 콜리마산맥 중앙을 가로지르는 거대한 협곡 지대가 형성되었다.

이 협곡 지대는 펜지나강과 아나디리강을 이어주는 교두보 역할을 하게 되었다.

물론 이 협곡 지대에는 엄청난 숫자의 몬스터가 도사리고 있기 때문에 일반인이 접근하기는 불가능한 지형이었다.

화수는 펜지나강과 아나디리강 중간에 있는 레이비 협곡 지대에 도달하기 전에 대원들을 충분히 휴식시키기로 결정하였다.

이곳에서 휴식을 취하지 못하게 된다면 무려 700㎞나 되는 레이비 협곡을 뜬눈으로 지새워야 할 것이다.

그는 대원들의 체력을 안배하는 차원에서 원사 두 명과 스스로를 희생하기로 한 것이다.

화수는 대원들의 절반을 재워놓고 원정 중대의 작전 일지를 몇 번이고 다시 번갈아보았다.

뇌전이 일어난 곳은 이곳에서 적어도 5~6일은 가야 하는 험난한 길이다.

만약 작전지역까지 한 번에 가려고자 했다면 분명 레이비 협곡 지대를 이용했겠으나, 사람을 살려서 그곳까지 가자면 차라리 바닷길을 이용하는 편이 나았을 것이다.

하지만 작전 일지에는 레이비 협곡을 타고 아나디리 해협까지 간다고 적혀 있었다.

'이해를 할 수가 없군. 낙뢰 현상 하나만을 조사하는 데 왜 굳이 이런 험난한 길로 간 것일까?'

화수가 한창 머리를 굴리고 있을 무렵, 전방에서 작은 불빛이 작게 한 번 깜빡거리 것이 보인다.

순간, 최지하가 대원들을 깨웠다.

"전원 기상!"

"저건 또 뭐지? 몬스터인가?"

"모르지. 인간인지 괴물인지. 한번 부딪쳐 봐야 알지 않겠나?"

제이나는 지정 사수 소총에 달린 스코프로 불빛을 정면으로 쳐다보았다.

째앵!

순간, 그녀는 화들짝 놀라서 소리쳤다.

"…사람?"

"사람이라고?"

"김태하 상사, 저 불빛이 뭐라고 생각해요?"

"가늠자 등? 박격포에 사용되는 가늠자 등 같은데요?"

"맞아, 바로 그거야! 이 근방에 화기소대가 있다는 소리 아닐까?"

"어쩌면 우리가 찾는 그 사람들일지도 모르겠군. 하지만 조심해서 나쁠 것은 없지. 최대한 천천히 배를 몰아."

"예, 대장님."

황문식 원사는 배의 모터를 정지시키고 전원에게 노를 지급했다.

"동력기를 돌리면 혹시나 모를 비상사태에 처할 수도 있으니 전원 노를 잡자."

"오케이. 알겠어."

제이나와 화수까지 동참하여 노를 잡으니 아주 조용하면서도 빠르게 배가 앞으로 나갔다.

촤르륵!

화수는 최지하에게 계속해서 전방을 살필 것을 지시했다.

"최지하 원사, 전방의 상황은 좀 어때?"

"아직 아무것도 안 보여. 그저 불만 깜빡거릴 뿐 별다른 반응이 없는데?"

"우리가 이곳에 있다는 것을 모르는 것 같아."

"으음."

대략 50미터 앞까지 온 화수는 배에서 내려 수영으로 해당 지역까지 가기로 했다.

"잠수복으로 갈아입고 해당 지역까지 신속하게 이동한다. 제이나, 최지하, 강아성, 나를 따라오도록."

"알겠어, 대장."

군장에 들어 있는 물품 중에서 심해 잠수복을 꺼낸 화수는 그것을 입고 살얼음이 언 강을 거슬러 올라가기 시작했다.

꼬르륵.

전투 수영으로 아주 천천히 불빛이 비추는 곳까지 다가선 화수는 강의 방죽에 기대어 선 채 총을 겨누었다.

철컥.

"제이나, 스코프로 확인해 줘."

"알겠어."

그녀가 스코프를 통해 전방을 살폈다.

끼리리릭.

배율을 높여 투시경을 바라보던 그녀가 이내 슬그머니 미소를 지었다.

"…사람이야. 러시아 군복을 입은 것으로 보이는군."

"우리가 찾는 그 사람들일까?"

"그거야 모르지. 하지만 우호 세력을 만난 것은 분명해."

"가보자."

광대역 무전기가 통하지 않는 곳에선 암구호를 전파 받을 수 없으니 극동 지역에선 조금 특별한 수단을 사용한다.

딸깍, 딸깍.

플라스틱으로 만든 일명 '딱딱이'를 지급하여 암구호 대신 사용할 수 있도록 한 것이다.

화수가 딱딱이로 신호를 보내자, 포진에 있던 병사 두 명이 불빛을 비추었다.

"누구냐?"

"야차 중대에서 왔습니다."

"야차 중대?"

"나는 야차 중대장 강화수 대령입니다. 그쪽은 누구십니까?"

"우리는 극동 지역 방어 사령부 소속 조사단 원정 중대 화기소대입니다."

"아아! 드디어 찾았군!"

반가운 마음에 그들의 앞으로 다가간 화수는 악수를 청하며 담배를 건넸다.

"피우시죠."

"오오, 고맙습니다!"

도무지 얼마 동안이나 담배를 피우지 못했을지 가늠조차 되지 않는 화수였다.

그는 나머지 중대원들에 대해서 물었다.

"다른 사람들은 어디에 있습니까? 중대장은요?"

"…뿔뿔이 흩어졌습니다. 이렇게 흩어져 산 지가 벌써 2년입니다. 최근에 안개가 걷히고 이상 현상이 조금 잦아들었지만, 여전히 길을 찾기가 힘들어 이곳에서 표류하고 있었지요."

"으음, 그런 일이 있었군요."

레서 드래곤의 영향이 이곳까지 미친 모양이다.

"중대장과 그 예하 병력이 어쩌다 흩어진 겁니까? 풍랑을 만났나요?"

"협곡을 지나다가 갑자기 안개가 드리워져 길을 잃었습니다. 절반은 강의 초입에서 사라졌고 나머지는 어디로 갔는지 몰라요. 우리는 중간에 따로 떨어져 이곳에 남은 겁니다."

"식사는 어떻게 하셨습니까?"

"이곳 강은 물고기가 꽤 자생하고 있어서 그것으로 버텼습니다. 힘든 시간이었지요."

"그놈의 환영 때문에 사람 여럿 고생이군."

"그나저나 야차 중대가 이곳까진 어쩐 일입니까?"

"당신들 중대를 찾으려 이곳까지 왔습니다. 오는 길에 환영을 만드는 놈들을 처치해 버렸고요."

"오오, 잘되었군요!"

"이렇게 만난 김에 함께 중대원들을 찾으러 갑시다."

"알겠습니다. 저희들도 동참하겠습니다."

병사들은 남부에서 온 화수에게 중대원들의 소식을 물었다.

"강의 하류에서 중대원들을 보지 못했습니까?"

"없었습니다."

"흐음……."

"일단 북쪽으로 가시죠. 목적지까지 가다 보면 뭔가 답이 나오겠지요."

"그럽시다."

화수는 화기소대 병사들을 합류시켜 길을 떠나기로 했다.

*   *   *

레이비 협곡의 초입, 온도계는 영하 30도를 가리키고 있다.

애초에 배를 타고 강기슭을 거슬러 올라가려 하던 화수는 계획을 변경시켜 전술 보트에 아이젠 휠을 달아서 이동하기로 했다.

끼릭, 끼릭.

전술 보트는 유난히도 얼음이 많이 어는 극동 지방의 특성에 맞게 제작되었는데, 얼어붙은 강을 거슬러 올라갈 수 있도록 아이젠 휠을 부착할 수도 있었다.

비록 시속 15㎞의 느린 속도이지만 사람이 걸어서 이동하는 것과는 비교도 할 수 없을 정도로 효율적이었다.

화수는 부대원들에게 철저한 경계를 지시하였으나 그의 걱정이 무색하게도 몬스터는 코빼기도 비추지 않았다.

"이상하군. 원래 이쯤 되면 몬스터들이 사방에서 튀어나와야 정상인데."

"그러게 말이야. 레이비 협곡은 극동 지방에서 몬스터의 개체가 가장 많은 곳 아니었던가?"

"흠……."

레이비 협곡은 자생하는 몬스터의 위험도가 그리 높지는 않지만 무리 생활을 하는 몬스터들이 상당히 많기 때문에 러시아 극동 지방 최악의 수렵지로 알려져 있다.

그러나 이번 원정에선 레이비 협곡의 악명이 이름값을 하나도 못 하고 있었다.

"몬스터가 없다는 것은 우리에게 있어선 아주 좋은 일 아닙니까?"

"그와 반대일 수도 있지."

화수는 강하나의 질문에 최악의 가설을 제기하였다.

"몬스터는 저마다 자신의 영역을 가지고 있다. 그런데 그 영역 안에서 활동하던 몬스터들이 사라졌다는 것은 누군가 그 영역을 침범하였거나 억지로 빼앗았다는 소리겠지."

"몬스터끼리도 세력 다툼을 합니까?"

"그런 경우가 흔하지는 않지만 엄청나게 강력한 몬스터가 세력권을 잡으면 그 아래 레벨의 몬스터들이 전부 다 굴복하거나 몰살을 당해."

"전자든 후자든 이곳에는 엄청나게 강력한 몬스터가 산다는 얘기군요."

"그래, 그럴 수도 있어. 뭐, 모종의 이유로 인해서 몬스터들이 그저 거주지를 옮긴 것이라면 그보다 더 좋은 것도 없겠지만 말이야."

"제발 그랬으면 좋겠습니다."

러시아 극동 지방 원정이 한 달도 채 안 된 상황이지만 부대원들은 충분히 지쳐 있는 상태였다.

아마 여기서 한두 번의 전투가 더 벌어진다면 체력적으로 상당히 부담을 갖게 될 것이 분명했다.

화수는 사냥꾼의 직감을 통해 조만간 전투가 벌어질 것이라고 예상하였다.

'놈은 최소한 레서 드래곤급이다. 레이비 협곡이 정리되었을 정도면 그 이상일 수도……'

부대원들의 체력 안배에 문제가 생기면 부대장에겐 아주 큰 부담으로 작용하게 될 테니 화수는 생각이 많아졌다.

복잡한 심경에 사로잡혀 있는 화수에게 제이나가 스치듯 말했다.

"난 언제나 이번 전투가 마지막이라고 생각하며 싸워왔어. 그래서 더욱 잔인하게 몬스터를 죽인 것이지."

"……?"

"하지만 나는 또다시 전투가 벌어져도 상관없어. 그게 사냥꾼의 숙명이니까."

화수는 슬그머니 미소를 지었다.

"후후, 다른 대원들도 마찬가지일까?"

"물론. 만약 사냥꾼의 숙명을 받아들이지 않았다면 이곳까지 올 리가 없었겠지."

"그래, 그건 그렇군."

그녀의 위로가 머리를 가볍게 해주니 화수는 잡념을 떨칠수 있게 되었다.

"최지하 원사, 부대원들의 방한복을 점검해 줘. 이 정도 위도에서 영하 30도까지 내려갔다는 것은 앞으로 더 추워질 수있다는 소리니까."

"알겠어."

부대의 행정 보급관 최지하는 부대원들의 물품을 모두 꺼내어 물자를 확인하였다.

물품을 확인한 그녀가 심각한 표정을 지었다.

"으음, 아무래도 인근 기지에서 재보급을 받지 않으면 힘들겠어. 이 정도론 아나디리 지류에 합류하기 전에 저체온증으로 고생하고 말 거야."

"흠, 그렇지만 극동 지역 부대 중에서 중앙부에 근거를 둔 부대는 없어."

"만약 그게 힘들다면 조사를 계속하는 것에 대해서 다시 한 번 생각해 봐야 할 것 같아."

화수가 보기에도 영하 30도 이상의 추위를 견디기엔 보급품이 너무 형편없었다.

러시아 극동사에서 기록한 지형 조사지에 따르면 현재 아나디리강과 그 지류들은 온대기후가 형성되어 있다고 했다.

하지만 막상 이곳으로 와보니 한겨울 북극의 날씨처럼 혹독한 추위가 부대원들을 괴롭혔다.

화수는 무공이 깊어서 별문제가 되지 않겠지만 일반인들의 경우엔 영하 30도의 추위에선 어지간해서 버티기 힘들다.

더군다나 강변의 온도는 평지보다 훨씬 더 급강하기 때문에 체감온도는 영하 30도 이하일 것이다.

그는 여기서 결단을 내리지 않을 수 없었다.

"최지하 원사, 그렇다면 전술 보트를 재정비해서 갈 수 있는 방법은 없나?"

"보트를 재정비한다?"

"보트의 바닥에 식양으로 만든 두꺼운 매트를 까는 거야. 그리고 그 위로 판초 우의와 침낭 등을 깔고 지붕에 식양으로 만든 뚜껑을 씌우는 거지. 그리고 그 위론 휴대용 텐트를 덮어 보온을 유지하게끔 만들고."

"으음, 사람이 많으면 불가능할 것도 없지. 하지만 쪽잠을 자야 하니 체력적으로 조금은 부담이 될 거야."

화수는 부대원들에게 쪽잠을 자는 것에 대해 물었다.

"야차 중대, 주목!"

"주목!"

"우리는 두 가지 선택지를 가졌다. 보트를 계속 타고 강을 거슬러 올라가던지 왔던 길로 다시 되돌아가던지."

"왔던 길로 다시 되돌아가는 것은 안 될 일입니다."

"그렇다면 보트를 재정비해서 올라가되 쪽잠을 자야 할 것이다."

"언제부터 우리 수렵 부대가 잠에 연연했습니까?"

화수는 흡족하게 웃었다.

"후후, 그래. 그런 강인함이야말로 야차 중대의 가장 큰 덕목이지."

"좋아, 그럼 지금 당장 보트를 재정비해서 올라가자고."

야차 중대는 보트에서 하차하여 재정비를 시작하였다.

*　　　　*　　　　*

화수가 식양으로 만들어낸 매트는 생각보다 단열 효과가 좋았는데, 혼돈이 중국에서 러시아로 진격하면서 쌓은 하이테

크놀로지가 코어에 남아 있기 때문에 가능한 일이었다.

그는 식양으로 만든 절연 매트를 보트의 바닥과 사면에 두르고 뚜껑까지 만들어 냉기를 차단하였다.

그 위에 다시 판초 우의를 깔고 침낭으로 자리를 만드니 생각보다 아늑한 공간이 나왔다.

비록 움직임이 자유롭지는 못해도 누워서 다리를 뻗을 수 있는 충분한 공간이 있으니 생각보다 체력의 소모도 크지 않았다.

휘이이이잉!

거친 바람이 불어왔음에도 불구하고 전술 보트에는 한 점의 냉기도 뚫고 들어오지 못했다.

물론 뼛속을 찌르는 추위가 조금은 남아 있기 때문에 가끔씩 입술이 달달 떨리는 사태가 벌어지기는 했다.

그러나 야차 중대는 한 치의 흐트러짐도 없이 사주경계를 취하고 있었다.

화수는 황문식 원사에게 차량의 상태에 대해 물었다.

"전술 보트의 상태는 어때? 문제가 없겠나?"

"전술 보트는 구형 모델을 개조한 것이긴 하지만 엔진 자체는 최근의 것입니다. 그러니 목적지까지 가는 데 큰 문제는 없을 것으로 보입니다. 디젤엔진에 코어 복합 발전기를 달았으니 연료와 부동액 등도 필요가 없고, 만사 튼튼입니다."

"그래, 그나마 다행이군."

그는 제이나에게 현 위치에 대해 물었다.

"우리가 어디쯤 있는 것 같아?"

"레이비 협곡의 2/3를 지났어. 이렇게 먼 거리를 이동했는데 사람은커녕 몬스터 한 마리도 볼 수 가 없으니 오히려 난감한데?"

"흐음……."

화수는 극동사 원정 중대의 병사들에게 물었다.

"원정 중대의 작전 일지를 보면 이곳을 지나 웰렌까지 가도록 되어 있던데, 맞습니까?"

"원래대로였다면 그랬겠지요. 하지만 지금은 어떻게 되었을지 아무도 모릅니다."

도대체 어떤 복병이 있었는지 알 길이 없는 화수로선 다시 생각이 많아질 수밖에 없었다.

골똘히 생각에 잠겨 있는 화수에게 김태하 상사의 다급한 목소리가 들렸다.

"대장님! 전방에 맨스콜피온 무리가 등장했습니다!"

"맨스콜피온!"

"크기가 너무 큽니다! 저놈들, 몸이 파랗고 입에서 냉기를 내뿜고 있습니다! 아무래도 전면전은 벌이기 힘들 것 같습니다!"

맨스콜피온은 길이 10미터의 거대한 다리와 돌골렘처럼 생긴 몸통을 가진 대형 몬스터였다.

일반적인 맨스콜피온의 위험도는 4등급, 그것도 사막에서 사는 평범한 몬스터일 때의 얘기이다.

지금처럼 덩치가 커진 변종들의 등급은 쉽사리 판별할 수 없었다.

"제기랄, 큰일인데?"

"어떻게 할까요?"

"일단 협곡 위로 올라가 상황을 지켜보도록 하지."

"그렇지만 저놈들이 우리가 협곡 위로 올라갈 때까지 가만히 내버려 둘까요?"

"…안 되면 되게 만들어야지."

화수는 재빨리 작전을 전개하도록 지시하였다.

"보트를 협곡 끝으로 몰고 엄폐물을 만들어 진지를 구축한다. 모두들 산악용 장비는 가지고 있지?"

"예, 그렇습니다!"

"좋아, 그럼 해볼 만하겠어. 어차피 놈들은 절벽을 오를 수가 없으니 30미터 이상만 올라가면 우리는 안전지대에 닿은 것이나 마찬가지다."

"하지만 협곡 위에 뭐가 있는지 알 수가 없지 않습니까?"

"만약 협곡 위에 무언가가 있었다면 지금쯤 우리는 목숨을 부지하기 힘들었을 거다."

"으음, 그건 그렇군요. 저 호전적인 몬스터들이 우리를 가만히 내버려 두는 것도 이상한 일이니."

"아무튼 최대한 빨리 움직이는 것이 우리에게 유리하다. 쉬지 말고 움직여."

"예!"

"화기소대 여러분께서도 작전에 참여해 주시지요."

"물론입니다."

60㎜ 박격포를 가진 그들은 얼음을 깨내고 그 안에 포판을 박아서 긴급 방열을 시작하였다.

깡깡깡!

대략 3분쯤 지났을 무렵엔 기관총과 박격포 진지 등이 완벽하게 마련되었다.

"퇴로에 바짝 붙어서 공격한다! 사격 실시!"

"실시!"

푸른색 맨스콜피온 15마리가 몰려오니 협곡에 진동이 일어났다.

쿵, 쿵, 쿵, 쿵!

"원래 우리가 보아온 맨스콜피온에 족히 두 배는 되겠어!"

"도대체 어디서 저런 아종들이 생겨난 것이지?"

"…몰라. 지금은 그냥 갈기고 보는 거다!"

철컥!

두두두두두두!

각 진지에서 불이 뿜어져 나왔고, 맨스콜피온들은 두꺼운 장갑으로 총알을 튕겨내며 달려왔다.

끼에에에엑!

"제기랄! 총알이 안 박히잖아?!"

"박격포, 사격 준비!"

"하나 포, 사격 준비 끝!"

"발사!"

퍼엉!

60㎜ 박격포가 맨스콜피온을 타격하자, 그 화염이 놈에게 닿으면서 다리가 묶여 버렸다.

화르르륵!

끼헥, 끼헥!

쿠웅!

심지어 그 자리에 벌러덩 누워 버린 맨스콜피온 두 마리 때문에 진격로가 막히는 상황이 벌어졌다.

"좋았어!"

"이건 뭐 위로 올라가고 자시고 할 것도 없겠는데요?"

"일이 잘 풀리겠는데? 박격포를 사격하는 동안 나머지 부대원들은 비상용 몬스터 코어로 화염병을 만든다!"

"예!"

몬스터 코어를 고온의 불길로 일정 시간 가열하게 되면 가연성 물질로 변하는데, 이때 심지에 불을 붙여 던지면 효과가 상당히 좋은 화염병으로 변모하게 된다.

거대 버섯을 따르던 몬스터들이 죽으면서 남긴 코어의 숫자는 수백 개에 달했으니 이것을 가지고 화염병을 만든다면 꽤 유용하게 사용할 수 있을 것이다.

화수는 식양으로 유리병을 만들고 그것을 투척하고 나면 깨어진 모래를 다시 회수하는 식으로 전투를 펼쳐 나갔다.

"화염병, 투척 준비!"

"준비!"

"발사!"

휘리리리릭!

쨍그랑!

—끼헤에에에엑!

화염병이 마구잡이로 떨어져 내리자, 맨스콜피온들은 우왕좌왕하며 불길에 휩싸여 서서히 죽어갔다.

레이비 협곡은 끝자락으로 향하면 향할수록 협곡이 좁아지다가 일순간 넓어져 아나디르강과 합류하게 된다.

좁은 곳에서의 싸움이 다소 부담스러울 때도 있지만 지금처럼 호재로 작용하는 경우도 있었다.

협곡의 지형을 이용하여 놈들을 제압하게 된 화수는 이제 진지를 접고 출발 준비를 하려 했다.

하지만 그의 그런 생각을 보기 좋게 뭉개 버리는 일이 벌어졌다.

쿠구그그그그그!

"따, 땅이 너무 심하게 흔들리는데요?"

"혹시 지진이 났나?"

최지하는 쌍안경으로 전방을 주시하다가 이내 놀라서 소리쳤다.

"놈들의 우두머리가 나타난 것 같아! 일반적인 맨스콜피온보다 족히 다섯 배는 큰 것 같은데?!"

"다, 다섯 배?!"

잠시 후, 협곡의 임시 진지로 비취색 구름이 몰려오기 시작하였다.

고오오오오!

구름에는 낙뢰가 섞여 있었고, 이것이 스친 자리엔 오로지 가루만이 남아 있을 뿐이다.

"심상치 않은 공격 같은데……."

"대장! 이젠 어쩌지?!"

"진지를 버리고 협곡을 오른다! 앞으로 30초 정도는 시간이 있어! 어서 오르자!"

"예!"

개인 화기만 챙겨서 자리에서 일어선 야차 중대는 재빨리 절벽을 오르기 시작하였다.

그러나 절벽을 오르는 동안에도 비취색 구름은 멈추지 않고 달려왔다.

쿠그그그그그!

"제기랄! 어서 올라가!"

"끄응!"

손이 시리고 꽁꽁 언 마당에 가파른 절벽을 오른다는 것은 생각처럼 쉬운 일이 아니었다.

그러나 사람이 죽음의 기로에 서면 초인적인 힘이 발휘되는 법이다.

야차 중대는 순식간에 절벽 위로 기어 올라갔고, 비취색 구름은 어느 수위를 넘지 못하고 아래에서 소용돌이 쳤다.

쿠그그그, 콰앙!

"만약 저 안에 들어가 있었다면 가루가 되어버렸겠군."

"천만다행입니다. 대장님의 순발력이 아니었다면 다 죽을 뻔했어요."

"맨스콜피온은 지상 공격이 어렵다. 그러니 저런 괴상망측한 공격을 한다고 해도 높은 곳까진 못 올 것이라고 생각한 것이지."

화수의 동물적 감각 덕분에 목숨을 건진 야차 중대는 열심히 협곡을 올라 정상에 닿았다.

그들은 다리 길이만 해도 무려 50미터에 이르는 이 엄청난 놈을 어떻게 처리해야 하는지 감히 방법을 찾을 수가 없었다.

그러나 이곳 협곡을 빼앗기고선 강기슭을 거슬러 오를 수 없으니 저놈을 죽이는 것밖에는 방법이 없었다.

"산맥이 갈라지면서 생긴 협곡이라 다른 길이 없어. 저놈을 죽이고 활로를 찾는 수밖에."

"제기랄, 하필이면 저곳에서……."

야차 중대는 다시 한 번 크나큰 장애물에 봉착하게 되었다.

*   *   *

11월 초, 대한민국 증권가를 강타하는 찌라시가 있었다.

대한민국 16개 은행 중에서 한 곳이 러시아 마피아와 결탁하여 검은 자금을 만들어내고 있다는 것이었다.

더군다나 다시 복원된 강남의 상권을 틀어쥐기 위하여 상인들을 탄압하고 부당 이득을 취한 것이 경찰 조사를 통하여 드러나게 되었다.

검찰은 이 사건을 공시화해 금감원을 압박하였고, 금감원은 결국 제1금융권 은행에 금융권 총조사를 하겠다고 선언하였다.

금융권 총조사는 2009년 재정된 제9차 금융개혁법에 속해 있는 제도이다.

몬스터의 창궐과 경제권의 대대적인 침체와 맞물려 일어났던 '제이슨 밀란 사건'은 정부의 대대적인 금융권 개혁에 불을 붙이는 계기가 되었다.

미국계 자본가 제이슨 밀란은 제1금융권 세 곳에 이른바 대포 통장을 대량으로 만들어 유통시키고 외국인 신분을 이용하여 제3계좌를 터 돈세탁에 이용하였다.

당시 금융권은 침체되었던 한국 경제를 일으켜 세우기 위해 엄청난 양의 외국인 자본가들을 끌어들였는데, 이것의 역기능 중에는 돈세탁이 가장 큰 문제로 대두되었다.

제이슨 밀란은 돈세탁의 뒷배 중에서도 그 규모가 가장 컸는데, 그 규모가 2조 원을 넘어설 정도였다.

만약 시일이 더 흘러 제이슨 밀란과 같은 사람이 몇 명만 더 들어온다면 대한민국 경제는 걷잡을 수 없이 타락할 수밖에 없었을 것이다.

2009년, 여야의 단합으로 이뤄진 금융법 개혁은 제이슨 밀란과 같은 사람들이 판을 치지 못하도록 법 자체를 개혁하고 은행을 조금 더 타이트하게 몰아붙이는 계기가 되었다.

금융권 총조사는 은행이 금융법을 위반한 증거나 정황상 증거를 가지고 검찰에 신고를 하게 되면 금감원이 직접 16개

은행을 정밀 조사하는 제도적 도구이다.

이 총조사가 이뤄지는 기간에는 국민을 대상으로 하는 은행 업무를 제외한 모든 업무가 중지되며, 은행의 중앙 서버에 금감원의 원격 조정 프로그램이 접속하여 서버 내 모든 자료를 복사하여 반출하게 된다.

만약 이 조사 기간에 은행의 인수 합병이 맞물리게 된다면 당연히 보류되며, 우선 협상 대상자를 선정하는 행위 역시 금지된다.

또한 해당 은행의 주식을 거래하는 것도 전면 금지되며 양도 역시 금지된다.

한마디로 은행의 발이 묶여 버리는 총조사이지만 일반적인 업무에 방해가 되지 않는 선에서 이뤄지기 때문에 금융권 총조사가 일어난다고 해도 은행이 쉽사리 불만을 토로할 수는 없었다.

만약 은행이 외부와 결탁하고 비리만 저지르지 않는다면 오히려 은행의 신용 등급이 올라가는 순기능도 있었다.

이러한 금융권 총조사가 이뤄지는 기간에는 은행이 꽤나 번잡해진다.

제1금융권 은행 민본은행에도 금감원의 조사단이 파견되어 중앙 서버에 원격 제어장치를 심었다.

금융권 총조사 민본은행 내사팀장 윤미연은 민본금융그룹

부회장 김석기에게 마스터키를 요구하였다.

"보안 등급 1등급 이상의 정보를 열람할 수 있는 마스터키를 제시하여 주십시오."

"…1등급 이상이면 사장단의 정보까지 전부 다 들어 있습니다만?"

"그게 싫으시면 대법원에 항소장을 제출하시든가요."

"항소장을 낸다고 대법원이 받아주기나 하겠습니까?"

"일단 항소를 내는 것은 국민의 권리이니 받기는 할 겁니다. 거기서 승리하는 것은 당신들 하기 나름이겠지요."

금융권 총조사는 금감원이 발동할 수 있는 최고 권한 중의 하나이기 때문에 대법원에 항소장을 제출한다고 해서 그것이 중지되는 경우는 그 어떤 경우에도 없었다.

만약 항소장을 제출하면 오히려 내사팀이 증편되어 금융권 총조사 이외에 특별 내사가 실시될 것이 분명했다.

한마디로 총조사에 대해서 찍소리라도 내뱉는 경우엔 은행이 통째로 뒤집힐 수도 있다는 소리였다.

"김석기 부회장님, 어떻게 하실 겁니까? 주실 겁니까, 말 겁니까?"

"…주면 될 것 아닙니까."

그는 자신의 핸드폰에 내장되어 있는 바코드를 그녀에게 내밀었다.

"이것을 스캔시키면 됩니다."

"고맙습니다."

중앙 서버의 스캐너가 김석기의 핸드폰에 내장되어 있는 바코드를 읽어내자, 보안 등급의 모든 레벨이 해제되었다.

그녀는 중앙 서버에 원격조종 프로그램을 설치하여 프로그램을 완벽하게 장악하였다.

"설치가 끝났습니다. 이제 우리가 당신들의 정보를 자유롭게 열람할 수 있게 되었습니다. 단, 원격으로 프로그램을 조작하거나 정보를 변경시키는 일은 없을 겁니다."

"그나마 다행이군요."

"그것도 국민의 권리이니까요."

"그놈의 권리, 그만 좀 따지시죠."

그녀는 조사단을 데리고 중앙 서버실을 나서기로 한다.

"잘 아시겠지만 우리가 정보를 건드리지 않는 동안 당신들도 정보를 건드려선 안 됩니다. 그랬다간 관련 부서와 사장단이 철창 신세를 지게 될 겁니다."

"…우리도 바보는 아닙니다."

"후후, 그래요. 그럼 저희들은 이만……."

내사팀이 떠나고 난 후, 김석기는 머리를 쥐어뜯으며 머리를 굴리기 시작했다.

"제기랄! 제3국으로 계좌가 연동된 것을 알면 아주 난리가 날 텐데……."

민본은행의 최대주주인 셰콜린스에서 은행에 압박을 넣은
지 벌써 5년, 그동안 엄청난 자금이 은행에서 빠져나갔다.

만약 내사팀에서 꼬리를 잡자고 마음만 먹는다면 못 잡을
것도 없을 터였다.

그는 이 사태를 바로잡기 위하여 재빨리 움직여야 할 필요
성을 느꼈다.

김석기는 자신의 비서실장을 찾았다.

"최 실장."

"예, 부회장님."

"지금 당장 셰콜린스의 연동 계좌를 폐쇄시키고 제3국에
있는 은행에 신변 노출을 자제해 달라는 공문을 보내게."

"알겠습니다."

이제 그는 모든 것이 시간 싸움이라는 것을 절감했다.

'타이밍이다. 타이밍이 흐트러지면 끝이야.'

김석기가 바쁘게 움직이기 시작했다.

제7장
전갈잡이

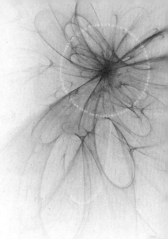

　야차 중대는 초대형 맨스콜피온을 일주일 동안 관찰하였
다.

　놈은 일전에 본 맨스콜피온과는 다소 차이가 있는 행동 양
식을 보이고 있었다.

　사사사사사삿!

　"또 파내려 가는군. 왜 자꾸 땅속으로 들어갔다가 나오는
것일까?"

　"저러한 행동이 한 번씩 있을 때마다 주변의 온도가 뚝뚝
떨어집니다. 아무래도 냉기를 유지하기 위해 벌이는 행동이

아닐까 싶습니다."

"흠, 저러한 행동이 도대체 무슨 영향을 미치는 것인지 이해할 수가 없군."

파란색 몸통을 가진 맨스콜피온은 주로 냉기와 전기를 사용하는데, 꼬리 부근에서 분비되는 비취색 구름은 모든 물질을 분자의 형태로 되돌리는 힘을 가지고 있다.

아마도 저 냉기가 힘의 원천인 듯 주변의 온도가 조금 올라가면 놈의 비취색 구름의 농도도 조금씩 옅어지는 현상이 일어났다.

"우리에겐 저놈이 땅으로 들어갔을 때뿐이야."

"땅으로 들어갔을 때 불을 지르면 될까요?"

"단순히 그렇게 해선 잡을 수 없어. 놈이 땅속으로 들어갔을 때 기절시켜야 해."

"기절? 저렇게 큰 놈을 도대체 어떻게 기절시킨단 말입니까?"

화수는 군사지도를 펼쳤다.

그는 주변의 환경을 아주 세밀하게 표시한 지도에서 전방 5km 앞의 공장 지대를 가리켰다.

"이곳은 지하자원이 풍부한 곳이다. 원래는 철 가공 공장이 위치해 있을 정도로 호황이었지. 언뜻 듣기론 극동 지방에서 철수할 때 이곳의 공장에서 물건을 제때 치우지 못해서 엄청난 손해를 보았다고 하더군."

"철 가공 공장에서 뭘 가지고 오시려고요?"

"뭐긴, 철판이지."

"철판?"

화수는 자신의 주먹으로 땅을 때리는 시늉을 했다.

"알지? 내가 한주먹 하는 거."

"아아! 철판을 깔아놓고 주먹으로 치면 진동이 거세져서 잘못하면 기절을 할 수도 있겠군요!"

"물론 몇 가지 장치를 해야겠지만 충분히 승산은 있어."

원래 레이비 협곡이 있던 자리에는 지하자원이 풍부하였기 때문에 가공 공장이나 원자재 회사가 즐비하였다.

때문에 이곳에서 철수할 때에도 공장들이 물건을 챙기지 못해 엄청난 피해를 입기도 했다.

"공장 지대에는 아마 몬스터들이 자생하고 있을 가능성이 높다. 하지만 이보다 더 좋은 방법은 아마 없을 거야."

"저놈만 잡을 수 있다면 그깟 고생 조금 하는 것이 무슨 대수이겠습니까?"

"그래, 가자. 저놈을 족치고 난 후 두 발 뻗고 자자고."

"예, 대장님!"

야차 중대는 화수를 따라서 철 가공 공장 지대로 향했다.

대략 반나절이 지났을 때쯤에서야 공장에 도착한 화수는 이곳에 형성되어 있는 마을에 닿을 수 있었다.

그는 이곳에서 차량을 확보하고 방한복에 식량까지 조달할 수 있었다.

하지만 이상한 것은 이곳에도 몬스터가 한 마리도 보이지 않는다는 것이었다.

"설마하니 이곳에도 초대형 몬스터가 자생하는 건가?"

"어쩌면 저놈의 영향권 안에 있어서 몬스터들이 전부 다 도망간 것인지도 모르지."

"후후, 소가 뒷걸음질 치다가 쥐 잡은 격이군."

"일이야 어찌 되었든 간에 우리가 쉴 수 있는 곳을 찾았다는 것이 중요하지."

야차 중대는 공장 지대 중앙에 있는 마을 회관에 모여 화목보일러를 가동시키고 그곳에서 잠시 피로를 풀기로 했다.

대략 150평쯤 되는 마을 회관에 모인 부대원들은 동그랗게 모여 앉아 마을 식당 곳곳에 있는 냉동 고기를 꺼내어 배를 채웠다.

치이이이익!

"으음, 냉동이고 뭐고 맛이 아주 끝내주네!"

"이야, 이게 도대체 얼마 만에 먹어보는 육고기야! 아주 황홀하군!"

특히나 2년 동안이나 실종되었던 병사들은 마치 무엇에 홀린 사람처럼 게걸스럽게 고기를 먹어치웠다.

야차 중대는 이곳에서 몸을 녹이고 배까지 채운 다음 곧장 마을 북부의 공장으로 향하기로 했다.

등이 따뜻해지고 배가 부르니 졸린 것은 당연한 일이었으나 그들에겐 당장 해치워야 할 위험이 있었다.

전술 대형을 갖추며 걸어가던 야차 중대는 총 5만 평 부지로 이뤄진 공장단지 앞에 멈추어 섰다.

닐리엘라 철 가공단지

화수는 공장단지의 입구를 통하여 닐라엘라 공장단지로 들어가려다 문득 인기척을 느꼈다.

철컥!

"…손들어! 움직이면 쏜다!"

"사람?!"

"사, 사람이냐, 귀신이냐?!"

"사람입니다!"

바로 그때, 화기소대의 병력이 번쩍 일어나 외쳤다.

"부소대장님!"

"어, 어어?!"

공장단지 입구를 위병소 삼아서 숨어 있던 네 명의 병력이 모습을 드러냈다.

병사들은 1소대 부소대장인 니나 소로키나를 반갑게 맞이하였다.

"중사님! 이게 얼마 만입니까?!"

"그러게 말이다. 다들 잘 지냈나?"

"딱 죽을 뻔했지요. 야차 중대가 아니었으면 지금쯤 우리는 다 죽었을 겁니다."

그녀는 화수에게 거수경례를 올렸다.

척!

"감사합니다!"

"아닙니다. 그쪽이 니나 소로키나 중사입니까?"

"예, 그렇습니다."

야차 중대는 환하게 미소를 지었다.

"드디어 찾았네!"

"저를 찾아온 겁니까?"

"당신의 오라버니께서 국정원에 요청하여 당신을 찾아달라고 부탁했습니다. 물론 러시아 정부에는 비공식 협조를 부탁하였고요."

"오, 오빠……."

"콘스탄틴 소로킨 씨께서 기다리십니다. 당신이 실종되고 난 후 살이 10㎏이나 빠졌다더군요."

그녀는 고개를 떨구고 말았다.

"…저의 진로 때문에 오빠와 충돌이 있었어요. 그때의 저는 오빠에게서 독립하고 싶다는 생각에 사로잡혀 군대로 도망을 쳐버렸죠. 그 이후에 이곳 극동사로 자원하여 아예 연락을 끊어버렸지요."

"사람은 한 번쯤 그런 시기가 찾아오게 마련이지요."

"만약 할 수만 있다면 오빠에게 무릎을 꿇고 빌고 싶어요. 남은 가족이라곤 둘뿐인데 오빠의 마음을 너무 아프게 한 것 같아서 미안해요."

"그래요, 잘못은 바로잡으면 되는 겁니다."

화수는 이제 임무를 마쳤으니 곧바로 복귀하기로 마음먹었다. 하지만 니나는 그게 아닌 모양이다.

"갑시다. 한국에서 기다리고 있어요."

"하지만 이대로는 못 가요. 중대장님이 50명의 병력을 데리고 강을 건넜다가 고립되었어요. 우리는 저 엄청난 전갈 때문에 구조를 해볼 엄두도 내지 못한 채 갇혀 있었을 뿐이죠."

"그건 당신의 잘못이 아닙니다."

"그래도 전장에서 전우를 버리고 도망가는 사람은 없어요."

"흐음……."

"이번 일만 끝내고 돌아갈 테니 오빠에게 안부 좀 전해줘요."

"갔다간 못 돌아와요."

"그래도 할 수 없죠. 그게 군인의 임무인데."

야차 중대는 어쩔 수 없이 그녀를 도와줄 수밖에 없는 상황에 처하고 말았다.

"…결국 그놈을 처죽이지 못하면 돌아갈 수 없다는 뜻이군."

"그나마 잘되었어. 이런 마을이 있다는 것은 그놈을 죽일 도구가 더 많아졌다는 뜻이기도 하잖아?"

"뭐, 그건 그렇지."

화수는 야차 중대가 공식적으로 원정 중대를 구조하겠다고 선언했다.

"지금부터 우리 야차 중대가 원정 중대를 구출해 내겠습니다. 함께 싸웁시다."

"저, 정말요?!"

"저놈을 쓰러뜨릴 수 있다고 호언장담은 못합니다. 하지만 최선은 다해보겠습니다."

"고맙습니다!"

야차 중대는 마을에 있는 유조차와 트레일러를 모두 동원하여 작전을 펼치기로 했다.

*   *   *

이른 아침, 맨스콜피온은 여전히 땅을 파고 들어갔다가 다시 올라오는 행동을 반복하고 있었다.

사사사사삭!

어지간한 빌딩보다 더 큰 저 몸집을 가지고 어떻게 저리도 기민하기 움직일 수 있는지 야차 중대는 놀라움을 감출 수가 없었다.

"미스터리야. 만약 미군에서 보았다면 또 해부한다고 난리를 쳤겠군."

"해부? 해부는 무슨, 산 채로 잡아간다고 오버하다가 몰살이나 안 당하면 다행이게?"

제이나는 미군의 수렵 부대에 근무하면서도 자신이 속해 있는 부대에 염증을 느끼고 있었다.

그러나 자국의 스페셜리스트를 한국으로 보내는 것이 얼마나 큰 손해인 줄 알고 있는 미군으로선 그런 그녀를 놓아줄 수가 없었다.

아마 미군에 발이 묶이지만 않았어도 그녀는 벌써 야차 중대로 전입 신청을 했을 것이다.

언제까지고 지금처럼 객원 전문가로 따라다닐 수도 없는 것이니 그녀로선 어서 빨리 국적 문제가 해결되기를 바랄 뿐이었다.

야차 중대에 원정 중대의 인원까지 합쳐서 총 60명의 병력은 이제 저 엄청난 놈을 제거하기 위한 작전을 준비하고 있었다.

마을에서 가지고 온 유조 차량을 산비탈에 배치한 화수는 그곳에 불을 질러 주변의 온도를 한껏 높이기로 했다.

협곡 전체가 메말라 버렸기 때문에 만약 불을 지른다면 금세 불길이 솟아오를 것이다.

놈은 주변의 온도가 높아지면 즉시 땅을 파고 들어갈 것이니 이때 화수가 초대형 철판과 함께 떨어져 내리며 태성낙룡장으로 바닥을 타격하면 제아무리 덩치가 큰 놈이라도 기절을 하고 말 것이다.

화수는 식양과 와일드코일로 방화복을 만들어 입었다.

"후우, 작전이 잘 풀려야 할 텐데……."

"이제부터는 신께서 알아서 하시겠지."

동료들의 불안을 뒤로한 채 거중기 위로 올라선 화수는 신호탄을 준비하였다.

철컥.

이제 그가 녹색 신호탄을 쏘아 올리기만 하면 산에 불이 날 것이다.

타앙!

화수가 신호탄을 쏘자마자 사방에서 불길이 일기 시작하였다.

화르르르륵!

공장 지대에는 무려 3개월 동안 마을과 공장이 충분히 사용할 기름이 저장되어 있었기 때문에 산을 불태우고도 협곡 아래까지 불길을 잡아끌 수 있었다.

가솔린과 등유 등을 마구 흘려보내 불을 지르자, 화수의 예상대로 놈이 지하로 숨어들었다.

끼혜에에엑!

사사사사사삭!

화수는 이때가 기회임을 감지하였다.

"이놈, 당해봐라!"

거중기에 매달려 있던 철판을 떨어뜨려 내린 화수는 무려 100미터나 되는 협곡 아래로 몸을 던졌다.

쒜에에에에엥!

화수는 철판 위로 장력을 전했다.

"건곤일식, 파!"

콰앙!

한차례 충격을 받은 철판이 가속도를 받으며 아래로 떨어져 내렸고, 그것은 가차 없이 대지를 진동시켰다.

쿠웅!

화수는 그와 동시에 상단전에 갈무리하고 있던 내공을 전부 다 쏟아냈다.

"대금강쇄!"

소림의 내가권인 대금강쇄는 철판을 뚫고 들어간 진동이 놈의 내장까지 흔들어놓을 것이다.

극성으로 전개한 대금강쇄가 철판을 한 방 크게 후려쳤다.

쾌아아아앙!

그러자 주변으로 엄청난 진동이 느껴졌다.

위이이이잉!

끄헤엑?

"맞았나?!"

화수는 곧바로 회선각을 이용해 철판을 치워냈다.

퍼억!

그러자 지하에 웅크리고 있던 맨스콜피온이 뒤집어진 채 모습을 드러냈다.

화수는 빨간색 신호탄을 쏘아 보냈다.

"지금이다!"

피융, 타앙!

보법을 밟아서 협곡 위를 내달리던 화수의 머리 위로 엄청난 숫자의 화염병과 가솔린 줄기가 내려왔다.

화르르르륵!

쾌앙!

끄이에에에에엑!

맨스콜피온은 그 자리에서 녹아버렸고, 그 즉시 주변 환경이 온대기후로 바뀌어갔다.

스스스스스!

이제 막혀 있던 물길이 다시 뚫려 강이 흐르기 시작하였고, 어두침침하던 하늘마저 맑게 개였다.

"서, 성공이다!"

화수는 불길에 녹아 있음에도 불구하고 꿈틀거리고 있는 맨스콜피온의 코어를 적출해 냈다.

'흡성대법!'

슈가가가가각!

그의 손을 타고 빨려들어 온 맨스콜피온의 코어는 그의 상단전에 자리를 잡았고, 그 안에 각인되어 있던 기억이 화수에게로 쏟아져 들어왔다.

끼이이잉!

파편처럼 흩어져 있던 기억의 조각들이 하나의 영상이 되어 화수의 눈앞을 스치고 지나갔다.

그 기억 속에는 맨스콜피온이 어째서 이곳에 오게 되었는지, 그리고 왜 하필이면 극동 지역을 지키고 있었는지 나와 있었다.

놈은 지금으로부터 1만 년 전, 화석의 형태로 잠들어 있다가 R—15의 영향으로 깨어난 것이었다.

맨스콜피온은 레서 드래곤 등과 함께 R—15의 고치에 에너지를 전달하고 있었다.

이곳이 몬스터 천지가 된 것은 이러한 무지막지한 고위험군 몬스터들이 R—15에게 아직도 에너지를 보내고 있기 때문이었다.

R—15는 이미 거대한 세력권을 구축하였고, 어느 정도 깨어날 에너지를 비축한 상태였다.

비록 지금은 텔레파시가 끊어졌지만 R—15의 정확한 위치를 알아낸 화수는 그 위치를 지도에 잘 표시해 두었다.

"이제 극동사의 근심을 어느 정도 덜어낼 수 있겠군."

"대장님, 이놈은 어떻게 할까요?"

"한국으로 가지고 가자. 우리가 골칫거리를 해치워 주었으니 시신을 운반할 차는 러시아에서 제공해 주겠지."

"예, 알겠습니다."

화수는 이제 니나를 데리고 한국으로 돌아갈 준비를 서둘렀다.

＊　　　＊　　　＊

서울 문경호텔 5층에 있는 일반 객실에 콘스탄틴이 초조한 얼굴로 앉아 있다.

"후우……."

벌써 연거푸 세 갑이나 되는 담배를 피운 콘스탄틴은 진정을 할 수가 없었다.

잠시 후, 그런 그의 초조함을 한 방에 날려줄 목소리가 들려온다.

철컥.

"오빠!"

"니, 니나?!"

콘스탄틴은 동생의 얼굴을 보자마자 두 팔을 벌리고 달려나왔다.

"오오, 내 동생!"

"…미안해. 내가 괜히 반항해서 오빠에게 상처를 주었네."

"아니, 아니다! 돌아왔으면 된 거지. 어디 다친 곳은 없어? 혹시나 해서 의료진을 대기시켜 놓았어."

"아니야, 괜찮아."

"…하느님, 감사합니다!"

그녀를 한국으로 데리고 온 화수는 콘스탄틴에게 인사를 건넸다.

"안녕하십니까, 콘스탄틴 소로킨 씨?"

"누구십니까?"

"저는 일본 C&C그룹의 블레이드라고 합니다."

"…미스터 블레이드?"

"사람들이 저를 그렇게 부르더군요."

콘스탄틴은 화수에게 적대적인 모습을 보였지만, 동생의 한 마디에 경계심이 풀렸다.

"나를 구해주셨어. 들어본 적이 있을 거야. 야차 중대라고."

"아아, 한국의 수렵 부대 말이야?"

"응. 이 사람이 그곳의 부대장이야."

"허어! 미스터 블레이드가 군인……?"

"어쩌다 보니 겸업을 하게 되었네요."

"야쿠자와 군인이라… 전혀 어울리지 않는 조합이군요."

"저도 그렇게 생각합니다. 하지만 상황이 그렇게 되어버려 어쩔 수 없이 투잡을 뛰고 있지요."

"후후, 재미있군요. 야쿠자가 군인이라? 그것도 아주 유명한 군벌과 일본의 거두를 동시에… 쉽지 않은 생활이겠군요?"

"뭐, 쉽지는 않습니다."

"그래요. 두 가지를 다 하는 것은 정말 쉽지 않아요. 야쿠자와 좋은 오빠… 나도 그중 하나에 실패했지요."

니나는 고개를 가로저었다.

"아니야. 내가 나쁜 동생이야. 오빠는 아무런 잘못이 없어."

"동생을 나쁜 아이로 만든 것도 오빠의 잘못이다. 동생이 잘되면 동생의 공이요, 잘못되면 오빠의 탓이다. 원래 세상은 그런 거야."

"…그런 불공평한 것이 어디에 있어?"

"그냥 그렇게 이해해."

콘스탄틴은 화수에게 깊이 고개를 숙였다.

"감사합니다. 우리 남매가 다시 만날 수 있게 될 줄은 꿈에도 몰랐네요."

"저는 그저 해야 할 일을 했을 뿐입니다."

그는 화수에게 위임장을 건넸다.

"공중을 받고 후속 처리까지 전부 다 해둔 겁니다. 이번 금융권 총조사가 끝나면 곧바로 오너가 될 수 있을 겁니다."

"고맙습니다."

"하지만 내가 지분을 모두 털더라도 사모펀드가 쥐고 있는 주식이 꽤 많습니다. 그것들을 되찾는 것이 쉽지 않을 것 같군요."

"사모펀드라?"

"SC홀딩스에서 조직한 사모펀드가 있어요. 그 사모펀드는 한국계 자금과 깊게 연결이 되어 있는데, 절반이 사채에 투자하고 있죠."

"그 사모펀드를 내가 장악하기만 하면 되는 셈이군요?"

"그렇습니다. SC홀딩스를 당신이 인수하면 셰콜린스의 적이 될 겁니다. 사모펀드를 장악하는 것은 결코 쉽지 않아요."

"각오는 하고 있었습니다. 이 세상에 쉬운 일이 어디 있나요?"

"후후, 그건 그렇죠."

화수는 국정원에서 받은 통장을 꺼내어 남매에게 건넸다.

"받으시죠. 스위스 계좌입니다."

"…괜찮아요. 우리 두 남매는 작은 집 한 채 짓고 빵집 하나 열 수 있는 돈을 마련해 두었습니다. 그곳에서 다시 시작할 겁니다. 이렇게 큰돈은 필요 없어요."

"하지만 세상은 그리 호락호락하지 않아요. 이 돈을 굳이 쓰지 않더라도 받아는 두십시오. 제 말을 들어서 손해 볼 일은 절대로 없을 겁니다."

처음엔 고사하던 남매는 결국 돈을 받았다.

"알겠습니다. 다만 우리가 적응에 성공한다면 이 돈은 다시 C&C 그룹을 통해 환수하겠습니다. 그래도 되겠지요?"

"마음 편하신 쪽으로 하십시오."

"고맙습니다."

그는 화수에게 악수를 건넸다.

"나중에 건강한 모습으로 다시 봅시다."

"네."

이제 화수는 SC홀딩스의 전부를 위임 받는 위임장을 가지고 돌아갔다.

＊　　　＊　　　＊

화수가 한국으로 돌아오자마자 금융권 총조사는 흐지부지 그 막을 내렸다.

금융권이 긴장하였던 것이 무색하게도 모든 은행이 혐의 없음으로 다시 정상 궤도에 안착하게 된 것이다.

민본은행 역시 이제 본격적으로 우선 협상 대상자를 찾아보는 움직임을 보이게 되었다.

하지만 그보다 먼저 터진 문제가 있었으니, SC홀딩스가 의문의 남자에게 인수되어 넘어가 버린 것이다.

이렇게 되면 지분 10%가 공중으로 붕 떠버릴 것이고, 사모펀드가 가지고 있던 지분 역시 어떻게 될지 모르는 사태에 놓이게 된다.

그러한 가운데 경기도 대부업체의 최고봉으로 손꼽히는 SC대부로 엄청난 숫자의 사내들이 들이닥쳤다.

크룩, 크룩!

키헤에엑!

일반인과는 비교도 할 수 없을 정도로 거대한 덩치를 가진 사내들은 망치와 쇠파이프를 들고 SC대부의 본사 건물을 무작정 때려 부수기 시작하였다.

콰쾅쾅!

쨍그랑!

"꺄아아악!"

"이런 미친…? 어디서 온 놈들이냐?!"

크룩, 크룩!

"크룩? 이 새끼들이 미쳤나?"

도무지 말이 통하지 않는 그들의 완력은 놀라울 정도로 강력하였다.

SC대부의 보안 요원들이 달려 나와 이들에게 저항하였지만, 주먹 한 방에 두세 명씩 나가떨어져 버렸다.

빠각!

"크허어억!"

"괴, 괴물?!"

키헤에엑!

대략 200명쯤 되는 그들의 위용은 감히 흉내를 낼 수 없을 정도로 거대하였다.

그런 그들의 가운데에서 한 남자가 걸어나왔다.

검은색 복면을 쓴 그는 쓰러져 있는 보안 요원의 주머니에서 무전기를 꺼내어 발신 버튼을 눌렀다.

치익.

"집합, 집합! 아마 지금 집합하지 않으면 크게 후회하게 될 거다."

—치익, 이런 미친 새끼! 저 새끼 잡아!

그의 무전 한 방으로 보안 요원들이 우르르 쏟아져 나왔고, 복면인은 미소를 지었다.

"후후, 이쯤에서 정리하도록 하지. 가자!"

크루우우우욱!

키헤에에엑!

*　　　*　　　*

일본 최동단 오가사와라 촌으로 거대한 풍랑이 다가오고 있다.

고오오오오!

오가사와라 촌의 주민들은 재빨리 지하 대피소로 하나둘 몸을 숨기고 있었으나, 기상학자들은 여전히 대피 대열에 동참하지 않고 있었다.

일본 도쿄도 기상청 소속 류세이 후카이 박사는 자신의 연구 생활 30년 만에 처음으로 보는 기상 현상에 눈을 떼지 못했다.

"…갑자기 이렇게 큰 풍랑이 이는 것은 처음이야. 아마도 저것은 초대형 몬스터의 것이 분명해!"

기상학의 그 어떤 이론으로도 증명할 수가 없는 이번 풍랑은 일본 도쿄도 전체에 대피령이 내려질 정도로 거대하였다.

이렇게 단시간 내에 세력이 거세지고 갑자기 생성된 태풍의 경우엔 대부분 몬스터에 의한 것이 많았다.

특히나 바다에 사는 심해 괴물의 경우엔 그 크기가 상상을 초월하기 때문에 세력권에 들어가 있는 것만으로도 주변에 풍랑이 거세게 일곤 했다.

하나 심해 괴물은 거의 다 정리되어 바다에는 중형이나 대형의 몬스터만이 살고 있는 것으로 알려져 있었다.

류세이 후카이를 따라온 몬스터 학자들은 이것이 최근 남미에 불어 닥친 해일과 관련이 있다고 주장하였다.

"어이, 후카이! 이곳에 계속 있다간 무슨 봉변을 당할지 아무도 모른다고! 어서 피하자고!"

"하지만 우리가 피하면 누가 연구를 계속하나?!"

"그래도 목숨을 걸 것까진 없잖아!"

"…난 가지 않겠네!"

동료들의 만류에도 아랑곳하지 않던 그의 앞으로 드디어 거대한 풍랑의 아가리가 드리워져 왔다.

고오오오오오!

보는 이로 하여금 다리가 절로 풀리게 만드는 풍랑의 위용은 상상을 초월하였다.

풍랑은 총 55개의 회오리바람을 대동하고 있었는데, 만약 지금 피하지 않으면 아주 고통스럽게 죽어갈 수도 있을 터였다.

그는 마지막으로 셔터를 눌러 자신의 코앞으로 다가온 풍랑을 기억 속에 남겼다.

찰칵!

"됐다! 이 한 컷을 건지기 위해 지금까지 버틴 것이었어!"

"가자! 가자고!"

"알겠네!"

후카이의 동료들은 마을의 중앙에 있는 지하 대피소로 전력을 다해 달렸고, 그 뒤로 해일이 미친 듯이 따라오기 시작했다.

솨아아아아아아!

"제기랄, 지진해일이야!"

"아주 별의별 짓을 다 하는군!"

지하 대피소는 지상에서부터 총 5층을 내려가야 하는데, 첫 번째 문부터 다섯 번째 문까지 모두 방수 처리가 되어 있다.

그들은 자신의 목덜미까지 따라온 해일을 뒤로한 채 간신히 첫 번째 문을 닫았다.

쿠웅!

해치의 형태로 되어 있는 문을 닫자 사방으로 엄청난 압력이 전해졌다.

쿵쿵, 쿵쿵, 쿵쿵!

"후우, 죽을 뻔했군."

"여기서 이러고 있을 시간이 없어! 어서 다음 문을 닫아놓자고!"

"알겠네!"

아무리 튼튼하게 만들어진 건축물이라고 해도 지진해일에 직격타를 맞으면 문이 뚫릴 수도 있었다.

그들은 두 번째, 세 번째, 네 번째 문을 거쳐 마지막 문을 닫고 대피소 안으로 들어섰다.

후카이는 대피소 안으로 들어오자마자 잠망경부터 찾았다.

"자, 잠망경!"

"이쪽에 있어요."

천장에 매달려 있던 잠망경을 이용하여 지상을 바라본 그는 미친 듯이 소용돌이치는 산해 더미 사이로 무언가 거대한 물체가 지나가는 것을 목격하였다.

스으으으윽.

그것은 마치 신칸센이 터널을 뚫고 지나가는 느낌을 주었는데, 그러한 물체들이 한두 개가 아니었다.

"…모, 몬스터가 너무 많은데?"

"뭐라고?"

잠시 후, 잠망경의 앞이 어두컴컴해졌다.

끼이이이익.

한차례 대피소에 압박이 가해지더니 일순간 잠망경의 앞이 밝아졌다.

쿠오오오오오오!

촤라라라락!

순간, 그는 자신의 눈을 의심할 수밖에 없었다.

"저, 저게 뭐야?!"

직경만 따져도 족히 100미터는 될 법한 거대한 몸통과 날개처럼 생긴 지느러미들, 이것은 마치 신화에서 나오던 수룡을 보는 것 같은 착각이 들게 만들었다.

"괴, 괴물이다! 진짜 괴물이 나타났어!"

"뭐, 뭐라고?! 이것을 어서 수도에 알려야 하는데……."

"지금으로선 방법이 없어. 이 세상의 그 어떤 누구도 지금 당장 움직일 수는 없을 거야."

"……."

학자들은 그저 잠망경으로 절망의 그림자를 바라보고만 있을 수밖에 없었다.

제8장
진짜 주인을
가려보자

SC홀딩스는 민본금융그룹 예하에 있던 민본캐피탈, 가나저축은행, 민본카드, 민본보험, 만인증권, 주석투자증권, 보듬자산운용, 모든신용정보, 천리안부동산신탁을 차례대로 흡수하였다.

이 회사들은 민본금융이 이미 3년 전부터 계열 분리를 시작한 곳으로, 주주총회를 통하여 정식 계열 분리가 된 상태였다.

하지만 이러한 계열 분리는 SC홀딩스의 해결사들과 마피아들이 개입해 있었다.

협박과 억압, 폭력 등 주먹으로 할 수 있는 모든 공작을 다 펼쳐 계열 분리를 이뤄내고 시가총액을 떨어뜨려 놓은 것이다.

회사 하나만을 놓고 본다면 이 계열사들의 규모는 SC홀딩스에게 큰 부담이 되지 않지만 민본금융그룹 전체를 인수하는 것은 결코 쉽지 않은 일이었다.

때문에 모두 공격적 인수 합병으로 계열 회사를 집어삼키고 추후에 민본은행을 안전하게 인수하려는 것이었다.

셰콜린스와 안성그룹의 이러한 계획은 민본은행을 통하여 대량의 비자금을 조성하는 것이었으나, C&C그룹의 개입으로 인해 모든 것이 틀어지고 말았다.

레오니드 이바노프는 자신의 오른팔 알렉산드르와 술자리를 갖고 있었다.

두 사람은 블라디보스토크의 바다에 낚싯대를 던져놓고 연신 술잔을 부딪쳤다.

"한잔하지."

"예, 보스."

꿀꺽!

술은 러시아 마피아들의 미덕임으로 앉은 자리에서 보드카 한 병을 다 못 비우면 사람 취급도 못 받는다.

두 사람은 벌써 두 병이나 되는 보드카를 비워내고도 연거푸 술을 마시고 있었다.

레오니드가 이번 SC홀딩스 사태에 대해 말했다.

"내부에 배신자가 있었다고?"

"예, 그렇습니다. 콘스탄틴입니다."

"…콘스탄틴."

콘스탄틴은 레오니드가 10년 전에 거둔 뒷골목 살인 청부업자였다.

그는 조직에서 시키는 일이라면 자신의 가족을 빼놓곤 누구라도 죽여주는 최고의 해결사였다.

셰콜린스는 10년 전, 조직의 2인자와 3인자가 각각 반란을 일으켜 혼란에 빠진 적이 있었다.

이때 레오니드는 2인자와 3인자에 의해 자신의 자리를 위협받고 있었는데, 콘스탄틴은 혈혈단신으로 이 두 사람을 정리하고 레오니드에게 다시 조직을 돌려주었다.

이로써 콘스탄틴은 명실공히 조직의 2인자가 되었으나 그가 이끌던 조직이 없었음으로 2인자와 3인자의 조직을 흡수하는 데 실패하였다.

제아무리 뛰어난 자질을 가진 마피아라고 해도 따르는 사람이 없다면 강성한 세력을 유지할 수가 없다.

만약 콘스탄틴이 정통 셰콜린스의 혈통이었다면 후계 구도는 분명 바뀌어 있었을 것이다.

레오니드는 알렉산드르가 가문의 일원으로 들어온 이후에도 후계 구도를 굳히는 데 큰 고민을 하였고, 그 마음은 지금도 조금 남아 있는 상태였다.

그나마 알렉산드르의 가문이 엄청난 자금력을 가진 암거래 조직의 수장이었기에 그를 선택한 것이지, 만약 그게 아니었다면 딸을 콘스탄틴에게 주었을지도 모른다.

그만큼 콘스탄틴에 대한 신뢰는 높았고 그를 향한 레오니드의 총애는 상당했다.

하지만 높은 신뢰도만큼 레오니드의 배신감 또한 컸다.

"…역시 가족이 아니면 믿을 수 없는 것인가?"

"제 생각엔 놈이 후계 구도에 대한 불만을 품고 일을 저지른 것 같습니다. 겉으로 보기엔 야망이 없어 보였어도 그 역시 타고난 마피아였습니다. 그 자질이 어디 가는 것은 아니지요."

"그래도 앙심을 푼 방법이 잘못되었다. 마피아로서 사람의 뒤통수를 이렇게 더럽게 치는 것은 있을 수 없는 일이다."

레오니드는 일단 눈앞에 닥친 일부터 처리하기로 했다.

"아이자와회를 정리한다."

"깡그리 다 쓸어버립니까?"

"아주 깔끔하게 정리하는 것이 좋겠지. 기왕이면 C&C그룹을 우리가 먹는 것이 나으니까."

"예, 알겠습니다."

셰콜린스에게 배신이란 죽음, 그리고 약탈로 이어지는 과정의 일부분이었다.

아마 아이자와회가 배신을 하지 않았어도 언젠가는 이러한 약탈이 일어났을 것이 분명했다.

두 사람은 남은 술잔을 모두 다 비워내고 일어섰다.

"춥군."

"슬슬 들어가시죠."

알렉산드르가 레오니드를 부축하는데, 불현듯 레오니드가 물었다.

"이봐, 알렉산드르."

"예, 보스."

"만약 네가 나를 배신한다면 절대로 가만두지 않겠다. 너에 대한 믿음이 깊은 만큼 증오도 커질 것이다. 그 증오는 감히 네가 감당할 수 있는 것이 아닐 것이야."

"명심하겠습니다."

알렉산드르는 자신의 야망이 크다는 것을 결코 감추지 않았고 오히려 그것을 레오니드에게 끊임없이 피력하였다.

마피아는 피로 만들어진 역사이니만큼 야망이 큰 사람이 아니면 조직을 이끌 수 없다는 것이 셰콜린스의 정신이었던 것이다.

하지만 배신은 있어선 안 되는 일이었다.

알렉산드르는 충성스러운 부하이지만 지금으로선 가장 거대한 세력이라고 볼 수 있었다.

레오니드는 그가 배신을 한다면 그 결과가 어떻게 될지 아무도 장담할 수 없다는 것을 잘 알고 있었다.

그렇기 때문에 이런 사소한 회동을 자주 가져서 결속을 단단히 하고 있었던 것이다.

"딸에게 가자."

"예, 보스."

알렉산드르와 레오니드는 블라디보스토크 시가지로 향했다.

*   *   *

금융권 총조사가 끝나고 난 직후, C&C그룹은 본격적인 금융지주그룹으로 탈바꿈할 준비에 들어갔다.

대한민국은 금산분리법이 적용되기 때문에 산업회사가 금융회사를 지배할 수 없고, 그 지분율 또한 9% 이하로 제한된다.

산업회사는 4% 이상 지분을 소유하게 될 때엔 금융위원회의 승인을 얻어야 하며 이에 대한 의결권을 행사할 수 없도록 법으로 제한되어 있었다.

원래 대부업체로 성장한 C&C그룹은 대한민국에 자리 잡고 있던 금융계 회사들만 남기고 일본의 불법적인 회사를 모두 다 처분했다.

또한 본사를 한국으로 옮기고 일본에 있던 본사를 지사로 전환시켜 자본금의 중심이 한국에 있도록 변경하였다.

여기에 C&C그룹의 대표이사와 최대주주를 한국인 명의로 바꾸어 한국 등기로 회사를 이전시켰으며 대한민국 15개 기업이 이곳의 지분을 5% 이상씩 보유하도록 하였다.

C&C그룹의 지분을 소유한 회사 중에서 지분율이 가장 높은 곳은 국민 건강 보험 공단이었고 그다음은 한국주택공사였다.

건강보험공단이 10%, 주택공사가 9%를 소유하여 회사에 대한 충분한 영향력을 행사할 수 있도록 조치한 것이다.

이제 C&C그룹이 일본 계열 회사였다는 과거만 빼면 완벽한 한국 토종 자본으로 탈바꿈하게 되는 셈이다.

이러한 조치가 끝난 후 C&C는 SC홀딩스를 인수, 합병하였고 그 예하의 모든 계열사를 합병시켰다.

이제 C&C그룹의 예하에는 민본은행을 포함하여 13개의 계열사가 생겼으며, 그 이름을 고려금융지주그룹으로 변경하였다.

이로써 민본은행이라는 이름은 고려민본은행으로 변경되어 영업 전선에 뛰어들게 되었으며, 제1금융부터 2금융, 대부업체까지 금융의 전역을 아우르는 종합금융회사가 되었다.

아이자와회는 이로써 불법적인 사업을 모두 접고 조직원 모두 야간대학을 다니며 제2금융과 3금융, 더러는 1금융에 종사하는 금융맨이 되었다.

화수는 아이자와회의 모든 조직원을 상업 계열 대학에 입학시키고 그 자금을 모두 그룹에서 충당하기로 했다.

더 이상 아이자와회라는 이름은 없고 고려금융지주그룹이라는 합법적 이름만 남은 것이다.

아이자와회의 마지막 회합이 있는 날, 화수는 도쿄에 위치한 고려금융지주그룹의 일본지사로 중간보스와 수뇌부들을 모두 모았다.

지금까지 야쿠자로 살아온 아이자와회의 수뇌부들은 화수의 독단적인 행동에 다소 불만을 품고 있었다.

"…아무리 보스라고 해도 우리와 한마디 상의도 없이 일을 이렇게 진행시키는 것은 옳지 않습니다."

"맞습니다. 제1금융권으로 진출한다는 약속을 지키는 대신 우리의 신뢰를 잃은 겁니다."

화수는 덤덤하게 그들의 비판을 받아들였다.

"그래, 맞습니다. 나는 당신들의 의견을 수렴하지도 않고 일을 진행했습니다. 만약 나에게 불만이 있다면 조직을 나가도 좋습니다. 지금까지 당신들이 헌납한 돈과 인력을 모두 돌려 드리지요."

"……!"

"분가를 한다면 막지 않겠습니다. 어차피 아이자와회의 출발이 군소 조직을 통합하여 이뤄졌으니 그에 합당한 대가를 주고 분가시키는 것도 옳다고 봅니다."

"하지만 우리가 나간다면 아이자와회의 명맥은 완전히 끊어질 겁니다."

"선대 회장님의 뜻은 아이자와회의 이름이 야쿠자로 남는 것이 아니라 진짜 양지에서 살아가는 기업인으로 남는 것이었습니다. 저는 그 유지를 받든 것뿐입니다."

"…그래서 따르지 않으면 과감하게 쳐내겠다는 뜻입니까?"

"보상을 하겠다는 겁니다. 지금까지 열심히 일했으니 그에 합당한 대가를 받고 분가하는 겁니다. 그것이 여러모로 좋지 않겠습니까?"

만약 지금 아이자와회의 모든 분파에 분가 자금을 나누어 준다면 세콜린스에게 돌려줄 공식 투자금이 문제가 된다.

세콜린스가 아무리 검은 돈을 회전시켜 돈을 벌었다고 해도 어디까지나 서류상으론 합법적인 투자금을 주입시켜 놓았다.

만약 아이자와회가 일본에서 퇴거한다고 해도 그들이 투자한 금액은 전액 토해내는 것이 맞았다.

물론 화수가 마음만 먹으면 투자금을 모두 가지고 한국으로 잠적할 수도 있겠지만 그것은 결코 좋은 방법이 아니었다.

"좋습니다. 우리가 나간다고 칩시다. 그럼 셰콜린스의 자금은 어떻게 상환할 겁니까? 설마하니 우리가 나간 후에 셰콜린스에게 사냥개 노릇을 시키려는 것은 아니겠지요?"

"아닙니다. 저에게도 다 생각이 있습니다."

"……?"

"한국계 자본금을 통하여 상환할 겁니다. 지금까지 강남 신도시에 투자된 돈이 꽤 많이 붙었고 제가 단독으로 가지고 있는 회사에서도 꽤 많은 자금이 출자될 겁니다. 이렇게 되면 셰콜린스의 자금을 80% 이상 충당할 수 있는데, 나머지는 2금융에서 출자하여 돌려막을 겁니다."

"뭐, 좋습니다. 일단 합법적인 문제는 그렇게 마무리 짓는다고 쳐도 불법적인 문제는 어떻게 마무리하실 겁니까?"

화수는 아주 간단명료하게 해법을 제시하였다.

"정면 승부를 보면 됩니다."

"정면 승부?"

"나에게 덤비면 어떻게 되는지 아주 뼈가 저리도록 깨닫게 해주어야지요."

조직의 수뇌들은 하나같이 고개를 저었다.

"셰콜린스가 괜히 러시아 마피아계의 대부가 아닙니다. 그들의 조직력은 당신이 상상하는 것보다 훨씬 더 거대합니다."

"알아요. 하지만 저도 그렇게 작은 조직력을 가진 사람은 아닙니다."

"……."

"여러분이 무슨 걱정을 하고 있는지 너무도 잘 압니다. 하지만 그 걱정을 제가 완전히 해소시켜 드리지요. 그럼 추후에 분가를 하든 조직에 남든 결정하는 데 잡음이 생기지 않을 테지요. 그때는 제 말에 따르시겠습니까?"

"좋습니다. 당신의 능력을 보여주신다면 조직에서 나갈 이유가 없지요."

"만약 나간다고 해도 마음이 놓일 테니 기꺼이 분가하겠습니다."

"그래요. 그 약속, 꼭 지키십시오."

화수의 얼굴에 희미한 미소가 번진다.

*　　　　*　　　　*

11월의 초순, 러시아 블라디보스토크를 출발한 쾌속 크루즈 '돈 셰콜린스'가 동해 국제항으로 들어왔다.

세콜린스의 가장 대표적인 운송 수단으로 손꼽히는 돈 세콜린스호는 '마비나', '아탈리아'와 같은 차명으로 운항하는 경우가 많았다.

이번 항해에서 돈 세콜린스가 사용한 이름은 럭키루키호였다.

출항이 있을 때마다 이름과 외관을 바꾸어 운행하다 보니 돈 세콜린스호의 선원들은 자신들이 가끔 어떤 배에서 일하는지 까먹을 때가 있었다.

그러나 입조심이 거의 생명과도 같은 돈 세콜린스호에서 실수를 하는 일은 용납되지 않았다.

동해 국제항에 정박한 돈 세콜린스호에서 450명의 러시아인들이 쏟아져 나왔다.

뚜벅, 뚜벅.

모두 하나같이 검은색 양복을 입은 그들은 짙은 선글라스까지 끼고 있어서 멀리서 보면 누가 누구인지 구분을 할 수 없을 정도였다.

이미 세관과 출입국 관리소에서 입항 허가를 냈기 때문에 이 양복을 입은 사내들에 대해선 여권 검사만 이뤄지고 있었다.

한국과 러시아는 비자가 없이도 여행이 가능하지만 신분 확인은 필수였다.

사내들의 가장 앞줄에 선 사람은 세콜린스의 공식 후계자 알렉산드르였다.

피의 사샤라고 불릴 정도로 걸출한 히트맨이던 알렉산드르이기 때문에 국제항을 지나는 것도 꽤나 익숙했다.

"알렉산드르 야코플레프 씨?"

"네, 그렇습니다."

출입국 심사관은 알렉산드르를 가만히 바라보다가 이내 이곳에 온 목적에 대해 물었다.

"외람된 말씀입니다만, 미국에서 출입국 통제에 걸린 적이 있군요. 한국에 온 목적이 뭡니까?"

"친구를 만나러 왔습니다."

그는 한국인 법무사의 명함을 내밀었고, 심사관은 그것을 이리저리 살피더니 이내 PASS 낙인을 찍었다.

쾅!

"일단 들어가십시오. 하지만 한국에서 사고를 치면 이곳 사법권에서 심판을 받게 됩니다. 아시죠?"

"물론입니다."

알렉산드르는 미국에선 이미 입국 금지를 한 번 받은 적이 있는 몸이지만 아직까지 인터폴에 지명수배가 내려져 있지는 않았다.

그는 수많은 차명으로 살인을 저지르고 다녔기 때문에 러시아 경찰이나 인터폴에서 진짜 정체에 대해선 파악하고 있지 못했다.

다만 그가 얼마 전에 뉴욕 식당가에서 미국계 마피아 한 사람을 두들겨 패는 바람에 추방을 당하는 일이 발생하였다.

그때 그는 특수폭행죄로 강제 추방을 당하면서 동시에 입국금지가처분을 받게 되었다.

한 3년 동안 미국에 들어가지 못하고 살았지만 그로 인해 알렉산드르 야코블레프는 요주의 인물이 아니라는 인식이 생겨났다.

그는 이름을 알리고 싶어서 사람을 마구 죽이고 다니는 마피아들과는 달리 아주 은밀하고도 침착하게 자신의 커리어를 쌓아왔다.

덕분에 조직의 후계자로서 피의 복수를 하려 왔을 때에도 별문제가 발생하지 않았던 것이다.

만약 얼굴이 잘 알려진 다른 수뇌부들이 한국에 왔다면 쓸데없는 추격전이나 벌이다 볼 장 다 봤을지도 모른다.

그는 홀가분하게 동해항에 내려 검정색 세단에 몸을 실었다.

"좀 피곤하군."

"일단 호텔로 모실까요?"

"아니다. 강남으로 간다. 블레이드인지 나발인지 하는 놈부터 처치한 후에 천천히 밤 문화를 즐겨도 늦지 않아."

"예, 알겠습니다."

알렉산드르의 차는 동해항을 출발하여 서울로 향했다.

                    *   *   *

동해에서 강릉으로 가는 고속도로 안, 알렉산드르는 아까부터 계속 같은 풍경이 스치고 지나간다는 것을 알 수 있었다.

그는 고개를 갸웃거렸다.

"이상하군. 원래 이곳이 이렇게 긴 구간인가?"

"아닙니다. 통상적으로 동해에서 강릉으로 진입하여 서울로 가는 고속도로까진 30~40분쯤 걸립니다."

"…그런데 왜 우리는 네 시간 넘게 같은 곳만 맴돌고 있는 것인가?"

수행 기사는 몹시 당황스러운 기색으로 답했다.

"그, 그게 무슨 말씀이신지……."

"아까부터 계속 같은 풍경만 나오고 있지 않나?"

"예, 예?"

알렉산드르는 손가락으로 창밖을 가리키며 말했다.

"자, 봐라! 네 눈에는 국제항으로 들어오는 선박들이 보이지 않는단 말이냐?"

"예, 그렇지요. 당연히 보입니다. 그렇지만 우리가 항구를 떠나온 지 이제 3분 지났습니다만……"

"뭐라?"

자신을 마치 이상한 사람처럼 쳐다보는 수행 기사를 바라보며 알렉산드르는 마음을 다잡을 수밖에 없었다.

"…떠난 지 얼마나 되었다고?"

"3분 되었습니다."

그는 알렉산드르에게 시계를 보여주었고, 그는 실제로 3분밖에 지나지 않은 위성 시계 숫자를 읽어 내렸다.

"…정말이군."

"피곤하셔서 그런 것 같으니 제가 안마기와 히터를 틀어드리겠습니다. 좀 주무시지요."

"험험, 그럼 그럴까?"

제아무리 피의 사샤라고 해도 가만히 잘 있는 조직원을 총으로 쏴 죽일 수는 없는 법, 알렉산드르는 어색하게 웃으며 자리에 누웠다.

"으음, 조, 좋군."

"뒷좌석이 뒤로 젖혀지는 구조의 차입니다. 아마 주무시는데 불편함은 없을 것입니다."

"고맙군."

편안하게 자리에 누운 알렉산드르는 자신의 등을 때리는 시원한 안마기의 마사지를 받으며 서서히 잠에 빠져들었다.

얼마나 시간이 지났을까?

한잠 늘어지게 잔 알렉산드르가 기지개를 켜며 일어났다.

"흐으으음!"

아직까지 여독이 풀리지는 않아서 그런지 늘어지게 잤음에도 불구하고 목덜미가 연신 욱신거리는 알렉산드르였다.

"…자리가 별로 안 좋나? 몸이 찌뿌듯하군."

"안마 코스를 바꾸어 드릴까요?"

"아니다. 자는 내내 받았는데도 이 정도면 하나마나지."

자리에서 일어난 알렉산드르가 차창에 달린 2중 발코니를 위로 들어 올렸다.

지이이잉.

그러자 여전히 항구를 오고가는 배들이 가득 찬 동해항의 전경이 눈에 들어왔다.

"…뭐, 뭐지?"

"왜 그러십니까?"

"아직도 동해항을 벗어나지 못했나?"

"예, 예?"

"한 여덟 시간은 지난 것 같은데……"

"이제 출발한 지 4분 지났습니다만."

순간, 알렉산드르는 자신의 눈과 귀를 의심할 수밖에 없었다.

"이상하군. 분명 시간이 엄청 많이 지난 것 같은데?"

"아닙니다. 이제 4분이 지난 상황입니다."

"……"

그는 차를 정차시키고 내려 도로에 발을 올리려 하였다.

"일단 차 좀 세우지."

"예?"

바로 그때, 알렉산드르는 충격적인 장면과 마주하게 되었다.

그는 항구에서 이제 막 차에 몸을 실은 그때로 돌아가 있었는데, 주변의 모든 상황이 정확히 4분 전과 일치하였다.

"일단 호텔로 모실까요?"

"…아니, 강남으로 가자."

"예, 알겠습니다."

수행 기사는 다시 차를 몰기 시작하였고, 알렉산드르는 또다시 네 시간 넘게 같은 풍경만 바라보고 있었다.

이젠 동해항의 전경은 물론이거니와 그곳을 지나가는 새들이 몇 마리인지조차 정확하게 셀 수 있을 정도가 되었다.

그는 당혹감에 차마 입을 뗄 수조차 없었다.

"이, 이런 씨발!"

"왜 그러십니까?"

"…차 세워."

즉시 차를 세워 내리려던 알렉산드르는 또다시 풍경이 바뀌면서 동해항 내부로 돌아와 있었다.

수행 기사는 그에게 똑같은 소리를 했다.

"일단 호텔로 모실까요?"

"……"

"보스?"

"지금이 몇 시지?"

"오후 3시 31분입니다."

"……"

그는 다시 잠에 빠져들기 위해 눈을 질끈 감았다.

"…가지."

"예, 알겠습니다."

기사는 차를 몰았고, 알렉산드르는 거짓말처럼 잠에 빠져들었다.

*　　　*　　　*

알렉산드르가 한국에 도착하고 난 지 한 달이 지났다.

"일단 호텔로 모실까요?"

"……."

"보스?"

"…그래, 호텔로 가자."

"예, 알겠습니다."

무려 한 달 동안이나 같은 장면만 반복해서 본 알렉산드르는 이젠 머리가 깨져 버릴 것만 같았다.

만약 이곳에서 벗어나게 해준다면 영혼이라도 기꺼이 팔 정도였으며, 이제는 슬슬 자살 충동까지 느끼고 있었다.

축 늘어진 채 가만히 앉아 있던 알렉산드르의 앞에 새로운 사람이 나타났다.

"정지!"

"…뭐야?"

차 앞을 막아서는 청년이 있었는데, 그 사람 때문에 하마터면 사고가 날 뻔했다.

기사는 알렉산드르에게 연신 고개를 숙였다.

"죄, 죄송합니다! 저렇게 황당한 놈이 튀어나올 줄은……."

"…아니다. 괜찮아. 일단 먼저 사람이 괜찮은지 살피자."

새로운 사람이 나타났다는 것에 신이 난 알렉산드르가 차량의 문을 열고 내리자, 그의 자리로 작은 쪽지 한 장이 떨어져 내렸다. 그리고 이내 풍경은 그가 처음 동해항에 내린 바로 그때로 되돌아갔다.

"일단 호텔로 모실까요?"

"…그래, 호텔로 가자."

호텔로 향하는 길, 알렉산드르는 여전히 자신의 손 위에 놓여 있는 쪽지를 펼쳐보았다.

동해 마스터 호텔 401호로 4시까지 도착하지 않으면 지금과 같은 상황은 죽을 때까지 반복될 것이다.

순간, 그는 정신이 나간 사람처럼 차량의 내비게이션을 손으로 누르기 시작했다.

삐비비빅.

"보, 보스?"

"이곳으로 간다! 나와! 내가 운전하겠다!"

알렉산드르는 운전대를 빼앗아 자신이 운전석에 앉았다.

부아아아앙!

거칠게 차를 모는 알렉산드르의 눈동자에선 세상 누구보다 더 다급한 감정이 느껴졌다.

그는 신호는 물론이고 과속 단속 카메라까지 전부 무시하며 동해 마스터 호텔로 향했다.

하지만 하늘은 그에게 기약된 시간을 허락하지 않았다.

"지금이 몇 시야?!"

"오후 4시 1분입니다."

"뭐, 뭐라?!"

호텔 앞까지 부리나케 달려오긴 했지만 시간을 정확하게 맞추지 못했다.

그는 떨리는 마음으로 차량의 문을 열었다.

철컥!

바로 그때, 풍경이 바뀌며 또다시 처음으로 장면이 되돌아왔다.

"일단 호텔로 모실까요?"

"······."

"보스?"

아직까지 그의 손에는 쪽지가 쥐어져 있었고, 시간은 아까와 같았다.

"나와! 내가 운전한다!"

"예, 예?!"

"비켜!"

퍼억!

운전기사를 발로 걷어찬 알렉산드르는 미친 듯이 가속 페달을 밟아 동해 마스터 호텔로 향했다.

*　　　*　　　*

늦은 밤, 동해경찰서 교통계로 한 통의 전화가 걸려왔다.

따르르르르릉.

"예, 동해서 교통계입니다."

─큰일입니다! 지금 도로에 수백 대의 차량이 마구 질주하며 돌아다니고 있어요!

"뭐, 뭐라고요?!"

─잘못하면 사람이 죽겠어요! 어서 와주세요!

"지금 전화 주신 곳이 어디입니까?"

─제 위치는 상관이 없어요! 지금 그냥 경찰서에서 나와 보기만 해도 보인다니까요?!

"아, 알겠습니다!"

헐레벌떡 전화를 끊고 밖으로 나온 교통계 순경은 자신의 눈을 의심하게 되었다.

부아아아아아아앙!

끼이이이이익!

쾅, 쾅, 콰아앙!

위잉, 위잉, 위잉!

무려 100대가 넘는 외제 차량이 미친 듯이 도로를 질주하며 광란의 파티를 즐기고 있었는데, 개중에는 전봇대를 들이

받거나 공중전화박스를 통째로 밀어내 그것을 끼고 달리기도
했다.

그는 당직실에 전화를 걸었다.

"여기는 교통계입니다! 지금 도로에 미친놈들이 날뛰고 있
습니다! 안 보이십니까?"

―뭐? 그게 무슨 소리야?

"CCTV를 돌려보십시오!"

잠시 후, CCTV를 확인한 상황실에서 부리나케 응급 상황
을 전파하였다.

―이런 씨발! 지금 당장 경찰서 전 병력에 핫라인을 가동시
키고 상부에 이 사실을 알리도록!

"예, 알겠습니다!"

100대가 넘는 차량이 고삐 풀린 망아지처럼 저렇게 달리다
간 사람이 죽는 사고가 벌어질 지도 모른다.

경찰들은 각 상부에 핫라인을 가동시켰고, 수뇌부들이 전
화로 병력을 급파하는 후속 조치로 이어졌다.

동해, 삼척 등지를 지키는 전, 의경들이 전부 소집되었고,
인근 군부대까지 동원되어 사태를 진압하기 위해 모여들었다.

부아아아아앙!

차량을 타고 질주하는 그들을 바라보며 군인들이 고개를
가로저었다.

"저런 미친놈들, 몬스터들이 잠잠하니 이제 사람이 지랄이
네."

"어떻게 하실 겁니까? 저대로 두면 사태가 커질 것이 분명
합니다."

"일단 차량을 멈추도록 해봐야지요."

"그랬다가 차량 안에 탑승한 사람들이 죽으면요?"

"멀쩡한 사람이 지나다니다 죽는 것보다야 낫지 않겠습니
까? 저들은 어차피 저대로 두면 죽어요."

"…알겠습니다."

군부대의 과감한 결정으로 인해 소총수들이 차량이 지나다
니는 골목에 배치되었다.

"제1중대, 놈들의 타이어를 조준한다! 발화의 가능성이 있
긴 하지만, 만약 바퀴를 쏘는 것이 여의치 않으면 그냥 차체를
쏴버려. 알겠나?"

"예!"

소총수들이 일자로 포진하여 차량들을 노리고 있는 동안,
동해 해경특공대에서 저격수들이 동원되어 포지션을 잡았다.

─저격수, 사격 준비 되었나?

─준비 완료.

─알겠다. 잠시 대기.

100대가 넘는 차량을 제압하려니 동해 근방에 있는 무장병

력이 전부 몰려들 수밖에 없었다.

잠시 후, 육군의 사격이 이어졌다.

"목표물이 접근한다! 전원 사격 개시!"

두두두두두두!

사람을 살리자면 어쩔 수 없이 차량을 전복시켜야 했기에 소총수들은 차량의 바퀴를 향해 무작정 총을 난사하였다.

하지만 워낙 속도가 빨라서 눈앞을 스치고 지나가는 차량 조차 맞추기 힘들었다.

─저격수, 목표물 확인하라.

─입감.

─사수, 사격 개시.

타앙!

해경특공대 저격수들이 선두 열 차량을 총으로 쏘자, 그 뒤를 이어 달리던 차량들이 차례대로 부딪치며 힘을 잃기 시작하였다.

쾅, 쾅, 쾅!

─명중이다. 잘했다.

─그나저나 저렇게 쏘아댔는데 사람이 안 죽었는지 궁금하군.

─미친놈들이다. 저놈들 때문에 일반 시민들이 다칠 수는 없지 않나?

—하긴.

—아무튼 우리는 상황 종료다. 다들 중대로 복귀한다.

—입감.

해경의 활약으로 인해 간신히 차량들을 모두 검거하긴 했지만 그 과정에서 한 명이 중태에 빠지고 두 명이 크게 다치는 사태가 벌어졌다.

그러나 육군은 자신들의 할 일을 한 것뿐이고 경찰은 그 뒤를 수습하는 데 심혈을 기울일 뿐이었다.

*   *   *

강원도 동해의료원에 응급 환자가 이송되어 왔다.

삐용, 삐용!

구급차를 타고 도착한 응급 환자는 교통사고로 인해 머리를 크게 다친 러시아계 남성이었다.

"후욱, 후욱!"

"호흡과 맥박이 모두 불안정합니다! 일단 이곳에서 출혈을 잡아놓고 서울이나 강릉으로 옮기자고요!"

"예, 알겠습니다!"

동해의료원에선 머리를 크게 다친 사람을 수술하기가 사실상 불가능하기 때문에 의료원의 의사들은 일단 응급처치부터 해놓고 병원을 수소문하기로 했다.

응급실 당직의는 환자가 들어오자마자 응급으로 엑스레이를 찍고 급한 대로 출혈 부위를 바늘로 꿰매었다.

부욱, 부욱.

머리를 크게 다치는 바람에 이마와 비강부에서 출혈이 심하였고, 왼쪽 머리가 함몰되어 의식이 돌아오지 않았다.

그 밖에 20군데가 넘는 곳에 크고 작은 상처가 있었지만 다행히도 응급처치를 잘 해두어서 당장 생명에 지장은 없을 것으로 보였다.

의료진들은 상처를 꿰맨 후 약물을 투여하면서 그의 생명을 연장시켜 놓았다.

"자, 다 됐습니다! 강릉 국민병원에 자리가 있다니까 그곳에서 수술을 하는 것으로 하시죠!"

"예, 알겠습니다!"

119 구급대원들은 그 자리에서 다시 환자를 데리고 강릉으로 향했다.

삐용, 삐용.

그가 떠나간 후, 자잘하게 다친 사람들이 병원으로 몰려들기 시작했다.

들것에 실려서 오는 사람들도 있었고 서로 어깨동무를 한 채로 응급실을 찾은 사람도 있었다.

간호사들은 수백 명의 외국인들에게 번호표를 나누어주고 그 자리에서 대기할 수 있도록 하였다.

"여기서 잠시만 기다리세요! 처치를 해보고 안 되면 다른 병원으로 옮겨 드릴게요!"

"……?"

"여기 있으라고요! 다쳤으면 좀 가만히 있어요!"

동해의료원의 간호사와 의사들은 오늘 자신들에게 저주가 내렸다고 생각했다.

같은 시각, 러시아에서도 비슷한 사고가 일어났다.

블라디보스토크 한복판을 질주하던 50대의 승용차가 가드레일을 들이받고 날아가 두 명이 숨지고 한 명이 중태에 빠지는 사태가 벌어진 것이다.

러시아 경찰은 이들을 모두 교통법 위반으로 엮었는데, 이 중에는 수배자 레오니드도 있었다.

그는 경찰 조사에서 한사코 같은 소리만 반복하고 있었다.

"…시간이 너무 느리게 간다."

러시아 경찰들은 아까부터 헛소리만 지껄이는 레오니드에게 욕지거리를 마구 씹어 뱉었다.

"이런 개새끼 같으니, 네놈 때문에 지금 죽은 사람이 두 명이야! 더군다나 시민들이 차량에 치어 죽을 뻔했다고! 그런데 뭐가 어째?"

"…좋아, 그렇게 시간이 느리게 간다면 내가 빨리 가도록 만들어주지!"

급기야 곤봉을 뽑아 든 형사들에게 경찰 수뇌부가 다가와 말했다.

"그만하게. 아무리 마피아라곤 해도 사람은 사람이다. 우리는 인권을 보호해야 할 경찰이라고."

"하지만……."

"이쯤 해둬."

잠시 후, 경찰 수뇌부의 뒤로 한 사내가 등장했다.

수뇌부는 형사들에게 조사실을 비우고 나가라는 명령을 내렸다.

"모두 나가라."

"예, 알겠습니다."

이윽고 그는 사내에게 담배 한 갑과 라이터를 건네주었다.

"피우시면서 느긋하게 하시지요."

"고맙습니다."

레오니드는 자신의 앞에 앉은 사내의 얼굴을 또렷하게 기억하고 있었다.

"쪼, 쪽지?!"

"그래, 내가 바로 그 쪽지를 건넨 사람이다. 사람들은 나를 보고 미스터 블레이드라고 부르더군."

"…네, 네가 바로 미스터 블레이드?!"

화수는 아직 포장도 뜯지 않은 담배를 레오니드에게 건넸다.

"하바나 시가만 피우는 고급이라 이런 담배가 입에 맞을지 모르겠지만, 한 대 피워."

"원하는 것이 무엇이냐?"

"담배 한 대 피우면 알려주겠다."

레오니드는 하는 수 없이 화수의 말대로 담배를 한 대 피워 물었다.

"후우!"

순간, 그의 눈앞이 노래지면서 폐가 터질 듯이 부풀어 오르기 시작하였다.

"쿨럭, 쿨럭, 쿨럭! 이런 씨발! 도대체 나에게 무슨 짓을 한 것이냐?!"

"일종의 환각 현상이라고 해두지. 만약 네가 나의 말을 거스르려 한다면 평생 동안 환각에 시달리며 살도록 해주겠다."

화수가 시전하고 있는 환영술은 디스플레이서 재규어와 레서 드래곤의 능력을 반쯤 섞은 것이었다.

러시아 마피아들이 한국과 러시아에서 줄줄이 교통사고를 내면서 돌아다닌 것은 모두 화수의 마력에 그들이 노출되었기 때문이다.

그는 콘스탄틴에게서 소개 받은 끄나풀에게 돈을 주고 레오니드와 알렉산드르의 행방을 수소문하였고, 그들을 찾아가 환영 마법을 걸어버린 것이다.

"아마 1분이 열 시간, 아니, 열흘처럼 느껴졌을 것이다. 그렇지 않나?"

"……."

"그 1분을 죽을 때까지 반복시켜 줄까, 아니면 이대로 고통에서 해방시켜 줄까?"

"…원하는 것이 무엇이냐?"

"대답이나 해라. 해줘, 말아?"

레오니드는 어쩔 수 없이 고개를 끄덕였다.

방금 전 담배 연기 때문에 폐부가 부풀어 오른 그 상황을 죽을 때까지 반복한다면 그는 정말이지 미쳐 버리고 말 것이다.

화수는 만족스러운 표정으로 그를 바라보았다.

"우리 고려금융지주그룹에 남은 너희들의 지분을 모두 헌납하고 조직원들을 이끌고 러시아로 꺼져라. 만약 아이자와회에 속한 옛 조직원이나 지금의 동료들을 해치려 한다면 죽을 때까지 환각에서 벗어나지 못할 것이다. 알아듣나?"

"…알겠다."

"또 하나, 만약 나에게 다시 한 번 도전한다면 네놈의 가족 모두 불구덩이에서 평생을 보내게 될 것이다."

"알았다."

화수는 그에게 주식 양도 각서를 건넸고, 레오니드는 자필로 서명하고 도장까지 찍었다.

쿵!

                    *   *   *

레오니드를 포함한 셰콜린스의 조직원 500명은 러시아 정부와 한국 정부에 의해 조사를 받게 되었고, 필요하다면 각각 옥살이를 하게 될 예정이다.

물론 한국에서 옥살이를 마치게 되면 이들은 다시 러시아로 돌아가 재복무를 하게 될 것이다.

그들의 죄목은 한두 가지가 아니었고, 인터폴은 그들이 저지른 범죄에 대해 요목조목 다 알고 있었다.

이제 화수는 자신을 떠나겠다며 아우성치던 아이자와회의 옛 조직원을 모두 다 다독여 흡수하게 되었고, C&C그룹은 진짜 고려금융지주그룹으로서 다시 태어날 수 있게 되었다.

이른 아침, 화수는 충남 당진에 있는 한 시골 마을로 초대를 받았다.

한명희는 러시아 극동 지방에서의 활약과 이번 세콜린스 사건을 정리한 것에 대한 훈장을 수여하기 위해 화수를 당진의 비밀 저택으로 초대한 것이다.

저택의 거실에 서 있던 한명희는 초대에 응한 화수를 바라보며 반갑게 웃었다.

"하하, 이게 누구십니까? 우리 대한민국의 자랑스러운 강화수 대령님 아니십니까?!"

"충성! 대통령 각하를 뵙습니다!"

"하하, 그래요!"

한명희는 주어진 임무마다 아주 완벽하게 해내는 화수에게 아주 깊은 호감과 신뢰를 보이고 있었다.

그는 화수에게 태극무공훈장을 수여하였다.

"강화수 대령, 귀관은 대한민국이 위기를 돌파하고 또다시 선진국으로 도약할 수 있는 발판을 만들었다고 판단하여 이 무공을 수여합니다."

"충성! 감사합니다!"

"내가 해줄 수 있는 것이 이런 것뿐이니 이해하세요."

"아닙니다. 충분한 영광입니다."

이젠 정복에 달 훈장 자리가 모자랄 정도로 빼곡한 화수에게 한명희가 말했다.

"강화수 대령, 한 가지만 묻겠습니다. 앞으로도 계속 우리

군에 충성할 생각이십니까?"

"물론입니다. 비록 한 번 떠난 몸이긴 하지만 기왕지사 군에
남게 된 것, 최선을 다해 국위를 선양할 생각입니다."

"그래요, 그렇다면 됐습니다."

한명희는 화수에게 파일을 하나 건넸다.

"다음 주에 이 사람을 내사해서 보고서 좀 올려주세요."

"이게 누굽니까?"

"이천임 중장, 남부 해안을 수비하고 있는 남부 해안 수비군
단장을 역임하고 있지요."

이천임 중장은 여성으로선 거의 최초로 전투군단의 군단장
으로 배정된 인물로 여군들의 우상으로 거론되는 사람이다.

"아마 귀관도 잘 아는 사람일 겁니다."

"이 사람을 왜……."

"내사를 하다 보면 자연스레 알게 될 겁니다."

이윽고 그는 화수에게 또 다른 파일을 하나 건넸다.

"내사를 통해서 그녀를 군단장에서 해임시킬 겁니다. 그렇
게 되면 장성이 한 명 줄게 될 것이고, 자연스럽게 추가 진급
자를 선별해야 하겠지요. 저는 그때 강화수 대령을 추천할 겁
니다."

"……!"

"몬스터 수렵 사령부는 그저 행정 기관일 뿐 제대로 된 인

재 양성에 이바지하지 못했습니다. 하여 우리 정부는 귀관을 준장으로 진급시키고 몬스터 수렵과 인재 양성에 이바지하는 여단을 조직할 생각입니다. 만약 귀관이 성공적으로 수렵 여단을 이끌어준다면 한국은 지금보다 훨씬 더 살기 좋은 땅이 될 겁니다."

그는 평소 호감을 가지고 있던 장군을 내사한다는 것이 마음에 걸렸지만 한명희의 특사로서 소임을 다하지 않을 수 없었다.

척!

"최선을 다하겠습니다!"

"그래요, 고마워요."

한명희는 화수에게 붉은색 상자를 하나 건넸다.

"받으십시오."

"이게 뭡니까?"

"개인적으로 드리는 선물입니다."

상자의 안을 열어본 화수는 승천하는 용 문양이 새겨진 금색 권총을 발견할 수 있었다.

"금장권총?"

"앞으로 장군으로 진급하게 되면 드리려 했습니다만, 그때 엔 더 좋은 선물을 드리려고 미리 준비했습니다."

"감사합니다!"

"아니요, 지금까진 우리 정부가 귀관과 귀관의 부하들에게 너무 소홀하게 대한 것 같아요. 앞으론 이런 소소한 것 말고도 꽤 화끈한 것들이 선물로 내려질 겁니다. 그러니 계속해서 국위를 선양해 주십시오."

"예, 알겠습니다!"

선물을 받은 화수의 표정은 다소 싱숭생숭해 보였다.

제9장

애매모호

늦은 밤, 러시아에서 수렵한 초대형 몬스터의 시신을 수령하여 돌아가는 야차 중대의 발걸음이 가볍다.

대원들은 이번 원정에서 잡아들인 몬스터에서 나오는 수익을 배분 받아 보너스를 수령할 것인데, 아마 이번에 보너스를 받으면 통장의 잔고가 꽤나 두둑해질 것이다.

화수는 한껏 기분이 좋아진 대원들에게 흰색 봉투를 한 장씩 건넸다.

"우리가 수령할 몬스터 시신에 대한 지분 말고도 사령부에서 추가 보너스를 지급했다. 전액 현금으로 나누어주라고 지시가 내려왔어."

"이야, 보너스치곤 꽤 묵직한데요?"

자운대 수렵 사령부에서 러시아 원정에 대한 공로를 치하하는 의미에서 대원 한 명당 300만 원의 상여금을 지급하였다.

목숨을 걸고 원정을 떠난 것치곤 상당히 적은 돈이지만 살아서 돌아온 이들에겐 더없이 기쁜 일이었다.

화수는 대원들에게 오늘의 일정에 대해 물었다.

"상여금도 탔겠다, 다들 뭐 할 거야?"

황문식 원사와 김재성 상사가 몸을 꿀렁거리며 대답했다.

"당연히 클럽이지요!"

"그 나이에 클럽에서 받아주는 준대?"

"에이, 대장님! 클럽도 나이에 맞는 곳이 따로 있어요. 어때요, 함께 가시겠습니까? 대장님 정도면 아주 여자들이 줄을 설 텐데요?"

"하하, 난 관심 없어."

"그러지 마시고 함께 가시죠. 정은우 상사나 김태하 상사 등도 함께 가기로 했는데요. 오랜만에 남자끼리 한번 진하게 뭉쳐야 하지 않겠습니까?"

"난 괜찮아. 자네들끼리 다녀와."

클럽 행을 한사코 거절하는 화수에게 제이나가 물었다.

"우리 자기는 왜 나이트클럽이나 스탠딩클럽 등은 쳐다보지도 않는 거야? 이유가 뭐야?"

"그러게 말입니다. 지금까지 단 한 번도 클럽 단합에 참여하지 않으셨습니다."

"혹시 이명 때문에 가지 못하는 거야?"

화수는 쓰게 웃었다.

"뭐, 한때는 그런 적도 있었지. 하지만 외상 후 스트레스 장애가 낫고 난 후엔 이명이 없어졌어."

"대장님께서 스트레스성 이명이 있었나요?"

"몇 년 전까진 그랬지."

워낙 오랜 시간을 전장에서 보낸 화수이기에 극심한 스트레스는 그와 떼려야 뗄 수 없는 관계가 되어버렸다.

제아무리 순수한 사람도 전쟁을 겪어보고 난 후엔 성격이 포악해지거나 다소 불안정한 성향을 보이게 된다.

이것은 살육의 현장에서 자신을 희생하면서 생기는 일종의 문신과도 같은 것이었다.

그나마 지금이야 죽어나가는 사람이 별로 없지만 수렵 초기엔 하루아침에 수천 명씩 죽어나가는 상황이 벌어졌다.

제아무리 날고 기는 화수라고 해도 그런 참혹한 현장에서 제정신으로 버티긴 힘들었을 것이다.

화수는 전장에서 시신도 찾지 못한 채 보낸 전우들의 이름이 어렴풋이 들릴 때마다 정신적인 충격을 받았고, 그것이 쌓이고 쌓여서 스트레스성 이명으로 표출되었다.

하지만 일을 그만두고 병상에서 생활하던 때 신기하게도 이명이 나아서 더 이상 소리 때문에 고생하지 않게 되었다.

지금의 화수는 큰 소리를 들어도 괴롭지는 않지만 여전히 시끄러운 곳을 그다지 좋아하지 않았다.

"아무튼 나는 별로 생각이 없어. 다들 회식으로 클럽이나 다녀오지 그래?"

"쩝, 됐습니다. 대장님께서 안 가시는데 저희들끼리 가서 무슨 재미입니까?"

"미안하게 되었군."

화수가 영 미안한 표정을 짓자 최지하가 나섰다.

"대장이 없이도 놀 수는 있잖아? 같이 가자."

"에엥? 최지하 원사가 클럽을?"

"나도 한때는 그곳에서 죽순이처럼 살던 시절이 있었어."

"오호라! 그렇다면 얘기가 또 달라지지요!"

그녀의 클럽 행차 선언 한마디에 분위기는 순식간에 반전되었고, 화수는 조금이나마 마음의 짐을 덜 수 있게 되었다.

"자, 그럼 오늘 회식은 클럽에서!"

"오오!"

분위기가 한껏 고조되는 가운데 화수의 전화기가 울린다.

따르르르르릉!

033—545—****

모르는 번호이긴 하지만 화수는 무심결에 전화를 받았다.

"여보세요?"

—강화수 씨 되십니까?

"누구십니까?"

—아, 예, 여기는 강릉 국민병원 응급실입니다. 차성희 씨와
는 어떤 관계이신지요?

순간, 화수는 응급실이라는 소리에 놀라고 차성희라는 이
름에 두 번 놀랐다.

"서, 성희 씨요?! 그녀와는 친구 사이입니다만, 성희 씨가 왜
응급실에 있습니까?"

—고속도로에서 차량이 전복되는 사고를 당하셨습니다. 다
행히도 큰 외상은 없습니다만, 사고의 충격으로 인해 기절한
상태입니다. 아마 의식이 곧 돌아올 예정인데, 아무래도 그때
까지 보호자가 한 명 있어야 할 것 같아서요.

"알겠습니다. 일단 그쪽으로 가겠습니다."

화수는 곧장 강릉으로 내려가기로 했다.

"최산용 소령, 나를 강릉에 내려줄 수 있겠나? 어차피 오늘
스케줄도 다 끝났고 아무 곳에 내려도 상관없잖아?"

"알겠습니다. 강릉 어디로 가면 되겠습니까?"

"국민병원 주차장으로 가지."

"예, 대장님."

야차 중대의 전술 비행기가 강릉 국민병원으로 향했다.

* * *

강릉 국민병원 응급실 안, 머리에 뇌파 측정기를 쓴 차성희가 한구석에 누워 있다.

군복도 못 벗고 응급실을 찾은 화수는 응급실 의사부터 만나보았다.

"운이 좋았습니다. 다행히도 뇌에 이상은 없는 것 같더군요. 천만다행입니다."

"어쩌다 그렇게 된 겁니까?"

"구급대원들의 말에 따르자면 어제 비가 와서 노면이 미끄러운 데다 그녀가 졸음운전으로 가드레일을 들이받아 차가 뒤집힌 것 같다고 하더군요. 구출될 당시에 차 안에서 네 개의 에너지 드링크가 발견되었대요."

"으음, 요즘 일이 조금 바쁘긴 했지만……."

"아무튼 에너지 드링크를 잔뜩 마셔서 심박 수가 상당히 올라갔지만, 지금은 그런대로 안정되어 정상으로 되돌아오는 중입니다."

응급실에선 완파된 그녀의 전화기에선 연고자를 찾을 수 없어서 지갑을 살폈는데, 우연찮게도 아주 예전에 받은 화수의 명함이 그곳에 끼어 있었던 것이다.

병원에선 그녀의 정확한 연고를 알 수가 없어 아무 곳에나 전화를 돌리다가 때마침 화수가 전화를 받아 그를 임시 보호자로 부르게 된 모양이다.

"아무튼 응급 상황에선 대리 수속을 밟을 수 있으니 이곳에 입원을 시켜놓고 가족들이 올 때까지 대기해 주셨으면 합니다. 그때 정식으로 수속을 밟으시면 정밀 검사도 받으실 수 있을 겁니다."

"예, 알겠습니다. 아무튼 감사드립니다."

의사에게 꾸벅 고개를 숙인 화수는 선혈이 낭자한 그녀의 셔츠와 정장 바지를 바라보며 측은지심을 느꼈다.

그는 일단 그녀의 옷부터 갈아입히기로 했다.

"간호사님, 환자의 옷을 좀 갈아입혀야 하는데 도와주실 수 있겠습니까?"

"네, 알겠어요. 하지만 지금 옷을 갈아입으려면 가위로 앞부분을 다 잘라야 해요. 괜찮아요?"

"괜찮습니다. 옷은 제가 내일 사오면 됩니다."

"그래요. 그럼 갈아입힐게요."

"고맙습니다."

화수는 간호사들의 도움을 받아 그녀의 옷을 갈아입힌 후 소지품을 한가운데로 모아 잘 갈무리해 주었다.

이제 그는 일전에 받은 그녀의 언니들 전화번호로 전화를 걸었다.

그러자 싸늘한 목소리가 들려온다.

—…무슨 일이시죠?

"지금 성희 씨가 입원을 해서……."

처음엔 상당히 싸늘하던 그녀들의 목소리가 동생이 사고를 당했다는 소리에 상당히 격양되었다.

—마, 많이 다쳤대요?!

"아직까지 정밀 검사를 해보지 않아 잘은 모르겠지만, 특별한 외상이나 뇌 손상은 없는 것으로 보인답니다."

—다, 다행이다!

"그래서 말인데, 지금 좀 와주실 수 있겠습니까? 제가 정식 보호자가 아니라서 정식 수속을 밟을 수가 없네요."

—…큰일이네. 가족들이 전부 북유럽으로 여행을 왔거든요. 지금 간다고 해도 내일이나 모레쯤 도착할 수 있을 텐데…….

"아, 맞다! 가족 여행을 떠났다고 했지."

—하필이면 이럴 때…….

화수로선 하는 수 없이 이곳에 남을 수밖에 없었다.

"그럼 가족들이 도착할 때까지 제가 이곳에 있겠습니다. 최대한 빨리 와주십시오."

─고마워요. 최대한 빨리 갈 수 있는 비행기를 구해볼게요.

가족들이 올 수 없으니 화수라도 이곳을 지키는 것이 그녀를 위한 최소한의 의리가 될 것이다.

화수는 피로 물든 그녀의 옷을 버리고 손과 발, 얼굴 등을 물수건으로 닦아주며 자리를 지켰다.

*　　　*　　　*

다음 날, 성희가 가까스로 정신을 차렸다.

"으음……."

"정신이 좀 듭니까?"

"화수 씨?"

하루 종일 그녀의 곁에서 뜬눈으로 밤을 지새운 화수는 일단 물을 한 잔 권했다.

"갈증이 날 것이라고 하더군요. 마셔요."

"고마워요."

그녀가 물을 마시는 동안 화수가 간호사실에 인터폰을 연결시켰다.

"여기 환자가 일어났습니다."

―네, 지금 갑니다.

잠시 후, 의료진이 병실로 들어섰다.

"환자 분, 성함이 어떻게 되시죠?"

"차성희요."

"이곳까지 어떻게 왔는지 기억나십니까?"

"사고가 난 것 같아요. 그 이후엔 잘……."

"그래요, 사고로 인해 일시적인 충격이 있을 수 있습니다. 일단 정밀 검사를 통해서 자세한 것을 좀 알아봅시다."

"네, 알겠습니다."

"아 참, 이따가 보호자들께서 구두로 동의하신 사안에 대해서 다시 한 번 검토하시고 서명 좀 해주시죠. 일단 급해서 병실로 올리긴 했습니다만, 정식으로 수속이 안 되었거든요."

"예, 그렇게 할게요."

의료진이 그녀의 상태를 진단하고 돌아서자 성희는 극심한 허기를 느꼈다.

꼬르르륵.

"어머나!"

"배가 고픈 모양이군요. 잠시만 기다려요. 죽을 데워 올게요."

"죽이요?"

"근방에 죽집이 있어요. 그곳에서 전복죽을 사다놓았으니 좀 먹어요. 사고 충격 때문에 곧바로 밥을 먹는 것은 무리가 있을 것 같아서 죽으로 샀어요."

"고마워요."

그녀는 화수가 사다 준 죽을 몇 술 뜨더니 이내 수저를 내려놓았다.

"으음……."

"왜 그래요? 입맛에 안 맞아요?"

"속이 좀……."

"알겠어요. 잠시만 기다려요."

화수는 그녀의 턱 밑에 구토 봉지를 가져다 대주고 곧장 간호사실에 이 사실을 알렸다.

따르르르르릉!

간호사실 벨을 누르자 담당 간호사가 달려왔다.

"무슨 일인가요? 불편한 곳이 있으신가요?"

"환자가 구토 증세를 느낍니다. 식욕은 있는데 먹지를 못합니다."

"잠시만 기다리세요. 의사 선생님을 모셔올게요."

"고맙습니다."

성희는 창백해진 얼굴로 앉아 있다가 다시 한 번 의사의 진단을 받았다.

의사는 아무래도 장기에 대한 충격을 하나의 가설로 잡았다.

"뇌에는 별문제가 없는데 복부에 타박상과 내상이 좀 있어요. 아무래도 당장 정밀 검사를 해봐야 할 것 같군요. 보호자들껜 구두로 동의서를 받고 당장 검사부터 합시다."

"예, 선생님."

화수는 그녀가 응급 검사를 할 때에도 마치 가족처럼 따라다니면서 수발을 들어주었다.

대략 한 시간 후, 의사가 그녀에게 진단을 내렸다.

"일시적인 현상인 것 같군요. 오심은 곧 잦아들 테니 먹고 싶은 것이 있으면 아무것이나 드셔도 됩니다."

"감사합니다."

화수는 의사가 나간 후 곧바로 식당가로 향했다.

지금 기력이 없어서 별다른 말을 할 수 없는 그녀를 대신해서 김밥과 유부초밥을 산 화수는 그것을 성희에게 먹여주었다.

"평소에 이것들을 좋아하시죠? 좀 먹어봐요."

"…고마워요."

처음엔 일어나는 것도 힘겨워하던 그녀는 일단 먹을 것이 좀 들어가니 한결 표정이 가벼워졌다.

"으음, 훨씬 좋네요."

"다행입니다. 그래도 사고가 크게 난 것치고는 경우가 좋은 편이네요."

"그러게요."

이제 슬슬 정신이 든 그녀는 어제부터 지금까지 화수가 자신의 곁에 있었다는 것을 새삼 깨달았다.

"어머나, 화수 씨! 그러고 보니 어제부터 오늘까지 계속 제 곁에 있었던 건가요?"

"네, 맞아요. 가족들이 유럽으로 여행을 떠나 내일쯤에나 돌아올 수 있다고 해서 말입니다."

"이런, 신세를 지고 말았네요."

"사람이 살다 보면 이런 일도 있고 저런 일도 있는 법이죠. 이런 것을 굳이 신세라고 표현하지는 말아요. 우린 꽤 가까운 친구 아닙니까?"

"…친구라……."

그녀와 화수가 나란히 병실에 앉아 있을 무렵, 성희의 직장 동료들이 찾아왔다.

대전보다 비교적 가까운 서울에서 부리나케 달려온 성희의 동료들은 일단 그녀의 안위부터 살폈다.

"선배! 괜찮아요?!"

"응, 그래. 괜찮아."

"성희 씨, 졸음운전이 웬 말이야? 많이 안 다쳤어?"

"네, 다행히 많이 다치지는 않았어요."

"신이 도왔어. 듣자 하니 차량이 완파되었다면서?"

"폐차장으로 보냈대요. 저도 차가 어떻게 되었는지는 잘 몰라요."

"아무튼 다행이야. 살아 있어서."

성희의 동료들은 방송국 아나운서실에서 일하는 사람들이거나 기자들이었다.

때문에 평소에 뉴스를 조금이라도 시청하는 사람이라면 한 번쯤 얼굴을 보았을 법했으나 화수는 요즘 TV를 시청하지 않아 별다른 감흥이 없었다.

그녀들은 화수를 보자마자 궁금증을 폭발시켰다.

"병원에 전화해 보니까 어떤 군인 아저씨가 성희 씨 곁을 지키고 있다고 하더니 정말이었네?"

"어머나, 두 사람… 어떤 사이예요?! 애인?!"

성희와 화수는 조금 어색한 듯 멋쩍게 웃었다.

"애인은 아니고 아주 친한 친구라고나 할까요?"

"에이, 남녀 사이에 친구가 어디 있어요? 안 그래요?"

경기 남부 방송국 8시 지방 뉴스 앵커 소지영은 화수가 이곳에 하루 종일 있었다는 점을 들어 집요하게 두 사람을 엮었다.

"생각을 좀 해봐요. 이 세상의 어떤 남자가 가족 대신 옆에서 병 수발을 들어주겠어요? 안 그래요?"

"친구라면……."

"에이, 그래도 호감이 있으니까 수발도 들어주는 것 아닌가 요?"

"그, 그건……."

성희는 소지영이 더 이상 헛소리를 하지 못하도록 입을 막아버렸다.

"이런, 머리가……."

"아파요?!"

"조금 어지럽네요."

"그래, 알겠어요. 선배, 푹 쉬어요."

"고마워."

소지영은 돌아서는 순간까지 화수에게서 눈을 떼지 못했다.

"군인이라… 그 정도 계급이면 선배와 한번 잘해볼 정도는……."

"어지러워."

"쿡쿡, 알겠어요! 저는 이만 가볼게요!"

아마 소지영과 그녀의 동료들은 성희가 부끄러워서 자리를 파하려 한다는 것을 알고 있는 모양이다.

그녀들은 면회가 끝난 이후에도 병원을 나서지 않고 휴게실에 머물면서 담소를 나누었다.

그날 밤, 정밀 검사가 모두 끝난 후에야 성희의 퇴원 결정이
내려졌다.

주치의는 혹시 모를 상황에 대비해서 서울 쪽 병원에 이원
의뢰서를 넣어두었고, 이 주일 후에 다시 경과를 보고 얘기하
자고 제안했다.

급하게 오느라 자가용을 가지고 오지 못한 화수는 성희를
데리고 아나운서 선배 정소림의 차를 얻어 타기로 했다.

"때마침 우리가 월차를 낼 수 있는 여유가 있어서 다행이네
요."

"감사합니다. 저까지 이렇게 태워다 주실 필요는 없는데요."

"어차피 가는 길인데 함께 가면 더 좋잖아요."

아직까지 집에 가지 않고 기다리고 있던 그녀들은 화수에
게 할 말이 많은 것 같았다.

"아직 나이가 어린 것 같은데, 어떻게 대령으로 진급하셨어
요?"

"전장에선 계급이 매일 바뀝니다. 계급이 수시로 바뀌다 보
면 뜻밖에 진급도 하고 포상도 받지요."

"아아, 그렇군요."

정소림은 단도직입적으로 자신이 지금까지 이곳에 남은 이

유에 대해서 설명하였다.

"저기, 강화수 대령님, 우리가 부탁이 하나 있어요."

"부탁이요?"

"이번 성희 씨의 생일을 챙겨주고 싶은데, 우리가 각각 흩어져 있어서 모이기가 쉽지 않네요. 그러니 서산의 한적한 펜션을 빌려서 모이고 싶은데, 성희 씨를 좀 데리고 와주실 수 있나요?"

"제가 말입니까? 동료들이 모이는 자리에 제가 끼어도……."

"뭐 어때요? 성희 씨 생일을 축하하는 자리인데 강 대령님이 오신다면 더욱 좋지요."

"음……."

"와주실 수 있죠?"

화수가 성희의 얼굴을 가만히 바라보자 그녀는 그저 어색하게 웃을 뿐이다.

그는 대수롭지 않게 고개를 끄덕였다.

"알겠습니다. 그때 만약 작전이 없다면 파티에 참석하겠습니다."

"어머, 정말요?"

"어차피 성희 씨의 생일은 저도 생각하고 있긴 했습니다. 다만 친구로서 어떻게 챙겨야 옳은 것인지 몰라 고민하고 있었지요."

"후후, 역시 군인이라서 그런지 맺고 끊음이 확실하군요."

"사람의 생일을 축하하는데 맺고 끊음이 무슨 소용이겠습니까?"

"하긴 그건 그러네요."

"다만 제 직업의 특성상 갑자기 작전이 많이 생겨서 걱정입니다."

"그래요, 저희들도 대령님의 스케줄에 이상이 생기지 않기만을 바라고 있을게요."

"고맙습니다."

그녀들은 연신 키득거리며 웃었고, 성희는 조금 설레는 표정으로 일관하였다.

*　　　*　　　*

며칠 후, 화수는 깔끔한 차림에 꽃까지 사 들고 서산으로 향했다.

부우우웅!

서산으로 가는 내내 차 안에서 별의별 생각을 다 해보는 화수이다.

"괜히 내가 가서 분위기만 망치는 건 아닐까? 난 파티라는 것을 한 번도 해본 적이 없는데……."

태어나서 생일 파티라는 것을 한 번도 해본 적이 없고 가본 적도 없는 화수로선 아주 긴장되는 순간이 아닐 수 없었다.

어느 집이나 자식의 생일은 어떻게든 챙기는 것이 관례이지만, 화수의 집은 그럴 만한 형편이 못 되었다.

지금까지 문화생활은 물론이고 제대로 된 취미 생활도 해본 적이 없는 화수에겐 일이나 운동 말고는 전부 관심 밖이었다.

그러나 차성희나 김다해를 만나면서 그저 일만 죽어라 하는 것이 미덕은 아니라는 사실을 깨달았다.

세상에 나가본 적은 있어도 세상을 즐기는 법은 배우지 못한 세 사람은 이제야 서로에게 기대어 제대로 된 세상을 배워나가는 중이었다.

그런 그에게 파티라는 것은 막연하기만 한 공간이었고, 자칫 잘못하면 일 년에 한 번뿐인 생일을 망칠까 봐 두려웠다.

하지만 자신이 꽃다발을 안기면 환하게 웃을 차성희를 생각하면 벌써부터 흐뭇해져 왔다.

"그래, 용기를 내자."

그는 꽃다발 너머로 보이는 작은 상자를 손으로 만지작거렸다.

화수는 오늘 그녀에게 토파즈로 만든 목걸이를 선물로 주려 며칠 동안이나 고민하고 또 고민했다.

선물이라는 것을 줘본 적이 없어서 어떻게 줘야 하나 한참을 망설이다가 결국 탄생석이 박힌 상자를 꽃다발에 넣어서 주기로 한 것이다.

화수는 혹시나 상자가 어디로 사라져 버릴까 전전긍긍하며 운전대를 잡았다.

"후우, 좋아하겠지?"

그녀가 꽃을 좋아한다는 것은 알고 있었지만 목걸이와 같은 물건은 과연 어떻게 여길지 도무지 감을 잡을 수가 없었다.

그렇게 천천히 차를 몰아가던 화수는 서천, 당진으로 가는 고속도로 표지판을 바라보았다.

"고속도로가 뚫리니 아주 좋군."

서해안 고속도로 최악의 위험 구간이던 당진, 서산, 서천, 태안 등지는 최근 몬스터 대토벌 작전으로 인해 정상으로 돌아왔다.

육군과 해군이 해안선을 완벽하게 점령하고 지하 시설까지 재정비하면서 서해안 고속도로가 제 모습을 찾기 시작한 것이다.

화수는 대전, 당진 간 고속도로로 차를 몰았다.

부르르르릉!

하지만 바로 그때, 화수의 차에 묵직한 진동이 느껴졌다.

쿠르르르르르!

순간, 화수는 갓길에 차를 세웠다.

"지진……?"

땅이 거칠게 흔들리다 못해 교각이 출렁거릴 정도의 이런 지진은 지금껏 한국에선 일어난 적이 없던 현상이다.

그러나 조산 지대에 있지 않은 한국에 이러한 강진이 일어날 수 있는 확률이 아주 없는 것은 아니다.

만약 초대형 몬스터가 에너지의 파동을 일으키게 되면 주변의 지각에 변동이 일어나서 지진파가 생겨날 수도 있었다.

하지만 이 정도 지진을 만들어내려면 지금까지 화수가 보아온 몬스터들의 몸집으론 어림도 없을 것이다.

지진이 멎을 때까지 가만히 서서 중심을 잡고 있던 화수의 전화기가 울렸다.

따르르르르릉!

야차 중대 본부

"그래, 나다."

―충성! 대장님, 중대 본부입니다!

"무슨 일인가? 오늘은 모두 휴무 아니었어?"

전화를 한 사람은 화수의 전령 강하나였다.

―지금 자운대 수렵 사령부에서 소집 명령을 내렸습니다.

코드 레드입니다.

"…레드?"

코드 레드는 전시 상황을 뜻하는 수렵 사령부의 경계경보인데, 빨간색 카드는 전면전을 뜻하는 경보이다.

화수는 이번 지진이 자연현상에 의한 것이 아님을 직감하였다.

"설마 지금 일어난 이 지진이 몬스터에 의한 것인가?"

―예, 대장님. 일본에서 일어난 초대형 태풍과 한국에서 일어난 지진, 이 두 가지 모두 몬스터에 의한 것이랍니다.

"큰일이군. 이렇게 엄청난 세력을 가진 놈이라면 보통 무기로는 잡을 수가 없겠는데?"

―그래서 지금 한, 중, 일, 미, 러, 인도의 군 수뇌부들이 전부 모일 예정이랍니다. 대장님도 최대한 빨리 오시지요.

"알겠네."

―지금 전술 비행기가 출발했으니 잠시 기다려 주십시오. 20분 안에 도착할 겁니다.

화수는 그녀에게서 소식을 전해 듣자마자 차성희에게 전화를 걸었다.

한창 파티를 준비하고 있을 그녀의 시무룩한 표정을 떠올리니 가슴이 답답해져 오는 화수이다.

"후우……."

답답한 마음에 깊은 한숨을 내쉰 화수의 귀에 그녀의 목소리가 들린다.

　―화수 씨! 괜찮아요? 지진이 났던데!

　"네, 저는 괜찮습니다. 서산은 좀 어때요? 잘 대피하신 거죠?"

　―지금 인근 공터로 나와 있어요. 주변에 무너질 만한 건물이 없어서 안전할 것 같아서요.

　"잘했습니다."

　그는 오늘 파티에 가지 못할 것이라는 소리를 어렵게 꺼냈다.

　"저, 성희 씨, 오늘은 제가 작전이……."

　―알아요. 이 지진, 아무래도 예사롭지 않아요. 그래서 화수 씨가 못 오실 것이라는 것쯤은 이미 알고 있었어요.

　"미안합니다. 약속을 지키지 못해서요."

　―아니요, 난 당신이 사리 분별이 확실한 사람이라고 생각했어요. 그래서 호감이 갔던 것이고요.

　"그랬습니까?"

　―만약 당신이 지금 무리해서 이곳에 잠시 들렀다가 간다고 말했으면 실망했을지도 몰라요. 이 세상에 군인의 사명감보다 더 중요한 것이 어디에 있겠어요?

　"이해해 줘서 고맙습니다."

─난 그렇게 속 좁은 여자 아니에요. 그러니 편하게 다녀와
요. 다녀온 후에 둘이서 술이나 한잔하면 그게 생일 파티 아
닌가요?

화수는 그녀의 몇 마디에 금방 힘을 얻었다.

"고맙습니다. 당신 덕분에 힘이 나요."

─그렇다면 다행이네요. 아무튼 몸조심해요. 다치지 말고.

"알겠습니다."

잠시 후, 화수의 앞으로 전술용 비행기가 도착하였다.

휘이이이잉!

차가운 바람 소리가 들리자 그녀는 이제 슬슬 전화를 끊기
로 한다.

─아무튼 다녀와서 봐요.

"그럽시다."

그녀의 따뜻한 응원에 힘입은 화수는 씩씩하게 비행기에
차를 실었다.

*　　　*　　　*

늦은 밤, 차성희와 그 동료들은 각 지부로부터 긴급 호출을
받고 돌아가려 채비를 서두르고 있었다.

"선배, 죄송해서 어떻게 하죠? 오늘 파티가 아주 엉망이 되

어버렸네요."

"괜찮아. 나도 어차피 대전으로 다시 내려가야 하는걸."

"그래, 성희 씨. 오늘 못 푼 회포는 다음에 풀자고."

"네, 선배."

그녀들은 서로 포옹을 나눈 후 각자 타고 온 차를 타고 각 지부로 흩어져 갔다.

이제 차를 몰고 대전으로 내려가는 그녀의 심장이 자꾸만 붕 뜬 듯이 두근거려 온다.

"화수 씨는 잘 갔으려나. 이번 지진, 정말 심상치 않은데."

말은 하지 않고 있지만 그녀는 화수가 목숨을 걸고 작전에 나설 때마다 속이 다 타버릴 것만 같았다.

행여나 그가 작전 중에 다치거나 전사를 하게 되면 마음이 찢어질 듯이 아플 것 같았기 때문이다.

그녀는 차에 타자마자 성당에서 받아온 십자가를 매만졌다.

"제발 화수 씨가 다치지 않고 무사히 돌아오길 바랍니다. 그렇게 되도록 도와주세요."

비록 독실한 신자는 아니지만 어려서부터 가끔 성당에 가서 고해성사를 하던 버릇이 남아 있는 그녀는 이따금 성당에서 기도를 올리곤 했다.

이제 그녀는 자신의 고민을 해결하기 위해 성당을 가는 것이 아니라 화수라는 사람을 위해서 성당에 가는 것이다.

오늘도 그녀는 화수라는 사람이 무사히 돌아오기만을 간절히 바랄 뿐이었다.

외전
세 사람

　7월의 어느 늦은 밤, 대전 자운대로 한 사내가 터덜터덜 걸어오고 있다.

　뚜벅, 뚜벅.

　그는 일반적인 군인들이 짊어지고 다니는 군장의 무려 두 배에 달하는 거대한 배낭을 등에 짊어진 채 걸어오고 있었다.

　자운대 위병소에서 근무하고 있던 병사들과 부사관이 그를 바라보곤 검문도 없이 통과시켜 주었다.

　"통과! 충성!"

　"…충성."

"강화수 하사님, 고생 많으셨습니다."

"⋯⋯."

초췌한 얼굴에 여기저기 녹색 피가 덕지덕지 붙어 있는 화수의 눈빛은 날카롭게 빛나고 있었다. 그는 자신의 후배이자 자운대를 지키는 초병들에게 신병에 대한 얘기를 꺼냈다.

"우리 중대에 신병이 왔다고 들었다."

"예, 그렇습니다. 특전사에서 2년 동안 굴러먹다가 온 여자라는데, 아주 꼴통도 그런 꼴통이 없습니다."

"그렇군."

화수는 신병이 남자인지 여자인지, 성격이 착한지 더러운지 관심도 없었다.

"…그래봤자 금방 사라지고 말겠지."

수렵 부대에서의 생활 3년 동안 수많은 사람을 땅에 묻어 온 화수로선 지금 중대원이 얼마나 되는지, 누가 살아 있는지 기억하기가 힘들었다.

바로 어제만 해도 살아 있던 사람이 오늘 죽어나갔고, 그 자리를 다른 사람이 채워 얼굴을 익힐 만하면 또다시 비보가 날아들었다.

수렵 부대는 물론이고 현시점의 대한민국 군대는 매일 사람이 죽어나가는 곳이었기 때문에 일일이 이름을 기억하는 것도 힘들었다.

이제는 이 사람이 죽었는지 살았는지 헷갈릴 지경이다.

그는 대수롭지 않게 담배를 피워 물며 말했다.

"후우, 첨병이 죽었다. 혹시 첨병에 지원할 사람 있나?"

"…저희들은 위병소 말뚝 근무라서 말입니다. 아시지 않습니까? 경비소대는 매일 근무만 서다가 볼일 다 본다는 것을 말입니다."

"그래, 그렇겠지."

몬스터와의 전쟁에 나가는 인원은 대부분 수렵 부대에 속해 있으며 나머지 인원은 포병 지원 병력이거나 물자 지원, 위병소 근무를 대신 서는 경비 병력이다.

그런데 이 수렵 부대의 병력은 상당히 특수해서 자리가 비었다고 해서 일반 병력이 그 자리를 대신할 수가 없었다.

때문에 매일 인원이 모자랄 수밖에 없었고, 사람이 죽어도 충원되는 속도가 느려서 오히려 더 많은 사람이 죽었다.

화수는 가는 곳마다 필요 인원을 구하러 다녔지만 매일 그렇듯 지원자는 없었다.

"싱거운 놈들."

"살펴 들어가십시오!"

"충성!"

화수는 그들의 경례를 무시한 채 내무실로 향했다.

                    *   *   *

  자운대 수렵 사령부 내부에 위치한 야차 중대의 중대 본부로 화수가 복귀했다.

  끼익.

  모두가 잠든 중대 본부로 들어온 화수는 구석에서 조용히 짐을 풀고 총기 거치대에 소총을 잘 걸어두었다.

  어두컴컴한 내무실 안, 화수는 잠에 빠져든 일곱 명의 부대원들을 바라보며 깊은 한숨을 내쉬었다.

  "후우, 사태가 심각하군. 이런 병력으로 무슨 작전을 펼치라는 것인지 모르겠네."

  며칠 후, 야차 중대는 대규모 토벌 작전에 동원될 예정인데, 그곳은 초당 50마리의 몬스터가 동굴을 뚫고 나오는 위험지역이었다.

  야차 중대는 그곳의 선봉에 서서 작전을 진행할 것이며, 화수는 그곳에서 최전방 방어 병력으로 배정되었다.

  아마 인원이 부족하면 몬스터들의 홍수를 막아내지 못하고 전 병력이 궤멸되는 참사가 벌어질 수도 있었으나 지금으로선 어찌할 도리가 없었다.

  잠시 후, 굳게 닫혀 있던 내무실 문이 열리며 제이나 소위가 들어왔다.

"…왔어?"

"고생이 많았겠군. 내가 경기도 파견을 가 있는 동안 대전 외곽에 대부대 몬스터가 창궐했다면서?"

"그 때문에 의무 담당관이 죽었어. 대신할 사람을 구하기가 힘든데, 난감하게 되었어."

"제기랄, 북부 작전지역에서 첨병 두 병이 죽어서 안 그래도 곤란한데……."

"이게 다 중대장이 없어서 그런 거야. 어서 대위가 편제되어 야 할 텐데 말이야."

제이나는 원래 계룡대에 있던 미군 수렵 사령부 파견부대에 배속되어 있다가 자대가 궤멸되면서 자운대 수렵 사령부로 임시 편성된 병력이다.

하지만 본국에서의 상황이 너무 좋지 않은 데다 비행장이 모두 폐쇄되는 바람에 한국에 잔류하는 중이었다.

그녀는 벌써 2년째 야차 중대에 머물면서 화수와 함께 수렵 활동을 펼쳐 나가는 중이며 이제 곧 중위로 진급할 예정이다.

계급이 오른다는 것은 축하할 일이지만 화수나 제이나나 계급이 오르는 것에는 큰 관심이 없었다. 그저 내일 작전에서 어떻게 하면 살아남을 수 있을지를 궁리하는 것이 더 시급했다.

두 사람이 심각한 표정으로 대화를 나누고 있을 무렵, 막사의 문을 열고 생활복을 입은 한 소녀가 들어왔다.

"추, 충성!"

"…뭐야?"

"하, 하사 최지하! 선임하사님께 인사를 드리고 싶어서 안자고 기다리고 있었습니다!"

"난 임시 선임하사다. 전시에나 있는 계급이지. 그런데 나에게 굳이 인사를 할 필요가 있나?"

"그, 그래도 이게 전통이라고 배웠습니다!"

화수는 고개를 좌우로 흔들었다.

"됐어. 그냥 자빠져 잠이나 자. 내일부터 대규모 공습 작전에 대비한 훈련이 진행될 것이다."

"예, 알겠습니다!"

지금 야차 중대에는 중대장과 선임하사, 폭파 담당관, 의무 담당관 등, 중요 인력이 거의 다 빠져 있는 상황이었다.

그나마 임시 부중대장으로서 제이나가 있고 임시 선임하사로서 화수가 버티고 있기 때문에 중대가 와해되지 않을 수 있었던 것이다.

만약 두 사람마저 사라진다면 야차 중대는 어떤 식으로든 끝을 보게 될 것이 분명했다.

그들은 이 사실을 너무나도 잘 알고 있기 때문에 서로를 의지하면서 이 힘든 시절을 보내고 있었던 것이다.

화수는 제이나와 함께 야식이라도 먹기 위해 정비실로 향했다.

"라면 한 그릇 먹자."

"그럴까?"

두 사람이 정비실로 향하자 최지하는 조용히 잠자리에 들었다.

*　　　　*　　　　*

야차 중대의 하루는 상당히 고되고 길다.

아침에 일어난 중대원들은 자운대 연병장을 25바퀴 뛴 후 곧장 순환식 훈련을 이어나가게 된다.

순환식 훈련에는 15미터 외줄타기 왕복, 평행봉 스윙 딥스, 턱걸이, 팔굽혀펴기, 윗몸일으키기, 스쿼드, 버피, 밀리터리프레스, 30미터 단거리 왕복 달리기가 포함되어 있으며, 이것을 한 운동 당 30초씩 배정하여 종이 울릴 때까지 계속하는 방식이다.

어떤 운동이든 30초 동안 쉬지 않고 계속해서 이어나가다가 30초 종이 울리면 다음 지역으로 이동하여 같은 방식으로 운동하는 것이다.

이런 식으로 30분 동안 순환 운동을 하다 보면 체력의 한

계를 느끼게 되는데, 이때 뜀뛰기로 몸을 풀어준 후에 아침 식사를 한다.

식사는 최대한 많이, 하지만 염분과 포화지방산을 배제하여 한 시간 동안 진행된다. 아침을 먹고 난 후엔 전술훈련과 사격 훈련이 이어지며, 이때 소모되는 체력은 아침에 받은 순환 훈련과는 비교도 할 수 없을 정도로 엄청나다.

이 때문에 야차 중대원들은 물을 마실 때에도 전해질과 아미노산이 풍부한 음료를 마시고 훈련 중간에 계속해서 비타민, 단백질 보충제 등을 마셔준다.

야차 중대가 하루에 먹어치우는 영양제, 보충제의 종류만 해도 무려 30가지가 넘고 식사량은 일반인의 네 배가 족히 넘는다. 전술훈련 이외에도 4시부터 15㎞ 산악 구보와 근력 훈련이 이어지는데, 이 정도 훈련을 소화하고도 살아남으려면 무조건 먹는 수밖에 없었다.

화수는 아침부터 이어진 순환 훈련에 약간 뒤처져 있는 최지하를 바라보았다.

"허억, 허억!"

"이제 연병장 18바퀴 뛰었다! 벌써 지치면 어쩌자는 건가?!"

"죄, 죄송합니다!"

"죄송하면 군 생활이 끝나나?! 어서 발을 굴려! 뛰란 말이다!"

다른 야차 중대원들과 함께 훈련하고 먹고 마시는 제이나와 화수이지만 휘하의 부대원들까지 관리해야 한다.

제이나는 독기가 바짝 오른 눈동자로 최지하를 닦달하였다.

퍼억!

"크흑!"

"달려! 달리란 말이다!"

지금 제이나의 경우엔 미군에서 요청할 때까지 한국군 정식 계급장을 달고 있기 때문에 한국군이나 마찬가지다.

물론 그녀는 자신이 미군 소속이었다고 해도 최지하를 뒤에서 발로 차면서 훈련을 시켰을 것이다.

제이나가 뒤에서 발로 걷어차면서 달린 탓에 최지하의 온몸에는 멍투성이였다.

그녀는 달리기가 끝나자 표독스러운 눈으로 제이나를 바라보았다.

"…허억, 허억!"

"뭘 보나? 불만 있나?"

"……."

"불만 있냐고 물었다."

"눈동자부터 시퍼런 년이 사람을 굴리다니……."

"뭐라?"

최지하는 제이나가 미군에서 왔다는 이유로 그녀를 상관으로 받아들이지 않는 모양이었다. 어제 화수에겐 깍듯이 인사

하더니 제이나에겐 이런 식으로 반항기를 드러내는 것을 보면 말이다.

화수는 표독스럽게 눈을 뜬 최지하의 머리를 발로 확 걷어 차 버렸다.

빠악!

"끄허억!"

"…이런 버르장머리 없는 새끼 같으니, 안 일어서?"

"……!"

최지하는 설마하니 여군인 자신의 머리통을 발로 후려 칠 줄은 꿈에도 몰랐던 모양이다.

약간 충격을 먹은 최지하에게 화수가 소리쳤다.

"어서 안 일어나나?! 최지하 하사, 안 일어나?!"

"아, 아닙니다!"

용수철처럼 자리에서 벌떡 일어선 최지하의 발목에 화수의 발차기가 날아들었다.

픽!

"크윽!"

그녀는 화수에게 맞아 다시 중심을 잃고 쓰러지고 말았다.

쿵!

"으으윽……."

"최지하 하사, 여기가 자네 본가 앞마당이라고 생각하는 건가? 그런가?"

"아, 아닙니다!"

"그런데 어디서 마음대로 성질을 부리고 아가리를 함부로 놀려? 뒈지고 싶어? 몬스터와 맞붙기 전에 죽여줘?"

"죄송합니다!"

"너 같은 놈 하나 죽는 것은 아무래도 상관없다. 하지만 네놈 하나 때문에 우리 모두가 죽는 것은 용납할 수가 없다. 만약 네놈 때문에 우리가 죽을 위기에 놓인다면 나는 네놈 대가리에 총을 겨눌 것이다."

"……"

"명심해라. 몬스터와의 전쟁에서 살아남을 수 있는 것은 조직을 위한 희생이다. 체계가 마음에 들지 않는다고 해서 아가리를 마구 놀려댄다면 살아남을 수 있는 사람은 아무도 없을 것이다."

최지하는 자리에서 다시 한 번 벌떡 일어섰다.

파밧!

"죄송합니다! 무조건 시정하겠습니다!"

"물론이다. 아가리 닥치고 다시 훈련에 복귀할 수 있도록."

"예!"

제이나는 다시 부중대장으로서 훈련을 재개했다.

"순환 훈련 시작이다! 모두 체력 단련실로 모이도록! 실시!"

"실시!"

화수를 필두로 여덟 명의 대원은 체력 단련실로 향했다.

*　　　　*　　　　*

그날 오후, 자운대 뒷산에서 전술훈련이 벌어졌다.

위이이이잉!

자운대 뒷산의 전술훈련장에는 광학 장비들이 내장된 더미들이 임시 표적으로 설치되어 있으며, 실제 전장을 그대로 재현해 놓은 장애물이 즐비해 있다.

아마 지도가 없이 전술훈련장에 잘못 들어섰다간 길을 잃고 며칠 동안 헤맬 수도 있을 것이다.

중대의 선두 열에 선 화수는 티타늄 방패와 KSG 샷건으로 무장한 채 계곡을 거슬러 올라가고 있다.

촤륵, 촤륵.

화수가 방패를 들게 된 것은 몬스터와 직접 맞닥뜨리게 되면 적당한 엄폐물을 찾기가 힘들어지는데, 이것을 방지할 수 있는 수단은 오로지 방패를 휴대하는 것뿐이기 때문이다.

부대의 생존을 위해서 방패를 든 화수이지만 정작 자신의 생사는 100% 장담할 수가 없었다.

무려 45kg의 무게를 가진 방패를 들고 다니는 것 자체가 이미 위험한 일인 데다 최전방의 방패잡이가 사라지게 되면 중대는 유일한 생존 수단을 잃게 되는 셈이다.

때문에 화수는 그 어떤 상황에서도 방패를 놓고 도망치는 일을 할 수가 없었던 것이다.

이번 전술훈련은 부대가 최대한 오래 살아남는 생존 훈련으로서, 끝도 없이 더미가 몰려들 것이다.

광학 장비가 달린 샷건을 장전한 화수는 후방의 부대원들에게 말했다.

"앞으로 30초 후 더미가 몰려올 것이다. 긴장해라."

—알겠다.

잠시 후, 화수의 앞으로 크기 3미터의 몬스터 더미들이 우르르 몰려들기 시작하였다.

크헤에에에엑!

"중대, 방어 대형으로!"

화수가 방패를 들고 앞을 막아서자, 중대원들은 그 뒤에 일자로 늘어서서 전방으로 총을 겨누었다.

"돌격!"

탕탕탕탕!

화살표 대형으로 늘어선 중대원들은 화수를 엄폐물 삼아 사격을 실시하였고, 더미들의 공격은 모두 화수에게로 몰려들었다.

쿵쿵쿵!

"크윽!"

ㅡ전방에 또 적 무리가 등장했다!

"방어 대형을 유지한다!"

초당 15마리씩 나타나는 더미들을 상대하는 것은 결코 쉽지 않은 일이었으며, 그것도 산비탈을 올라가면서 더미를 해치우는 것은 엄청난 체력 소모를 요했다.

한창 방패를 들고 산비탈을 오르던 야차 중대가 한순간 멈추어 섰다.

"허억, 허억!"

"무슨 일이야?!"

"선임하사님, 신입이……."

"이런 제기랄!"

화수는 신경질적으로 뒤를 돌아보았고, 그 자리에 주저앉아 있던 최지하와 눈이 마주쳤다.

그는 거침없이 산탄총을 장전시켜 그녀를 쏴버렸다.

타앙!

삐이이익.

[후미 열 5번 유닛, 아웃.]

화수는 그녀를 쏴버린 후 계속해서 대형을 유지시켰다.

"유닛을 하나 잃었다! 5번 유탄수, 자리를 대신해서 채워 나간다!"

"예!"

"돌격!"

철컥!

최지하는 훈련에서 낙오되어 멀찌감치 떨어져 야차 중대를
따를 수밖에 없었다.

그녀는 화수가 자신을 쏜 것에 대해 조금 충격을 받은 것 같
았지만, 이것은 화수로서 내릴 수 있는 가장 빠른 판단이었다.

만약 현장에서 한 사람이 낙오하여 대열이 흐트러지게 되
면 모두 다 몬스터의 밥이 되기 때문에 차라리 그를 사살하
는 편이 나았다.

화수는 수많은 전장을 누비면서 불협화음이 가장 큰 적이
라는 사실을 몸소 깨달았던 것이다.

그는 열외된 최지하를 쳐다보지도 않은 채 산비탈을 올랐다.

*   *   *

두 시간의 전술훈련이 끝난 후, 야차 중대가 산비탈 아래에
서 휴식을 취하고 있다. 화수는 음료수를 마시고 있는 최지하
를 뚫어져라 노려보았다.

"……."

보급품으로 나온 비타민 보충제와 아미노산을 한꺼번에 다 마신 최지하가 자리에서 일어섰다.

그러자 화수가 그녀의 뺨을 후려쳤다.

짜악!

"으윽!"

"이런 개자식, 너 때문에 아까 우리 중대가 전멸할 뻔했다. 정신 못 차려!"

"죄송합니다!"

그는 이번엔 최지하의 정강이를 군화로 걷어차 버렸다.

빠악!

"크으윽!"

"다시 한 번 말하지만 네놈 하나 죽는 것은 아무래도 상관 없어. 하지만 너 때문에 다른 중대원들이 죽는 것은 용납할 수가 없다."

"시정하겠습니다!"

"체력이 안 되면 길러라. 총을 못 쏘겠으면 사격 훈련을 하고 전술에 대해 모르겠으면 공부해라. 야차 중대는 엘리트 집단이 아니라 생존을 위해 뭉친 사냥꾼들이다. 스스로 살아남을 수 있는 수단을 갖추지 못하면 생존에서 도태되는 것이다. 알겠나?"

"예!"

화수는 최지하에게 숙제를 냈다.

"일주일 후 산악 구보의 기록을 측정하겠다. 만약 15km 달리기에서 한 시간 이상 지체된다면 휴식 시간은 없어질 것이다."

"예!"

오르막길이 거의 30분 이상 이어지는 산악 구보를 15km 이상 달린다는 것 자체만으로도 힘들 텐데 그것을 기록으로 잰다는 것은 극악무도한 짓이다.

하지만 야차 중대원들은 인간의 체력을 뛰어넘어야 생존할 수 있기 때문에 괴물과 같은 훈련은 피해갈 수 없는 숙명과도 같았다.

화수는 곧장 훈련을 재개했다.

"가자. 너무 오래 쉬었다."

"예, 알겠습니다!"

그를 필두로 다시 똘똘 뭉치는 야차 중대이다.

그날 최지하는 무려 세 번이나 낙오하였고, 화수는 더 이상 그녀를 타박하지 않았다. 다만 그녀가 일과 시간 이후에 얼마나 노력을 하는지 가만히 지켜보고 있을 뿐이었다.

늦은 밤, 최지하가 연병장을 달리고 있다.

"허억, 허억!"

그녀는 몸을 회복시켜 주는 영양제와 보충제를 한 아름 쌓아두고 미친 듯이 체력 단련에만 몰두하고 있었다.

연병장 구석에 앉아 그 모습을 바라보고 있는 화수에게 제이나가 다가왔다.

"꽤나 독종이지?"

"너무 거칠어."

"괜찮아. 거칠면 다듬으면 되고 모나면 깎아내면 되니까."

두 사람은 최지하가 무리하다가 쓰러져 실려 가는 것보다 전장에서 죽는 것이 더 문제라고 생각했다.

때문에 그 엄청난 훈련을 받고도 잠을 청하지 않는 것을 굳이 만류하지 않은 것이다.

화수는 더 이상 사람이 죽어선 안 된다고 생각했다.

"다른 부대는 몰라도 우리 야차 중대는 더 이상 죽지 않았으면 해. 이제 죽은 부하들의 군번줄을 회수하는 것도 지겨워."

"그래, 최선을 다해봐야지. 하지만 우리가 최선을 다한다고 해도 죽을 놈들은 죽어. 인명은 재천이라는 말도 있잖아."

"…그래도 더 이상 죽는 것은 싫어."

화수가 반항심 깊은 최지하를 굳이 발로 걸어차며 욕하는 것도 목숨을 건사시키기 위함이다.

그는 매번 장례식에서 부모들의 통한에 찬 곡소리를 들었고, 그 곡소리가 매일 귓전을 맴돌고 있었다. 아마 이러한 이명과 환청은 그가 죽기 전까지 따라다닐지도 모른다.

"아무튼 잘 지켜보자고. 잘하면 물건이 될 수도 있겠어. 사람에게 가장 중요한 것은 재능이 아니라 독기 아니겠어?"

"그래, 네 말이 맞아."

제이나와 화수는 그녀가 훈련을 마칠 때까지 그 자리에 앉아 가만히 지켜보고 있었다.

*　　　*　　　*

일주일 후, 야차 중대가 산악 구보를 하고 있다.

"하나, 둘, 셋, 넷!"

"후우, 후우!"

최지하의 체력은 불과 일주일 만에 몰라보게 늘었다.

이제 전술훈련에서 낙오되는 일이 없었으며, 산악 구보에서도 뒤처지는 일이 없었다. 도무지 불가능할 것 같던 체력 단련이 불과 일주일 만에 그 빛을 발하게 된 것이다.

산악 구보를 마친 화수가 기록지를 바라보았다.

"48분이라… 나쁘지 않군."

"감사합니다!"

"어때? 이제 좀 몸에 힘이 붙는 것 같은가?"

"예, 그렇습니다!"

"이제 전장에서 쓸데없이 죽는 일은 없겠군."

"죽지 않겠습니다! 중대를 위해 도움이 되는 하사관이 되겠습니다!"

"그래, 그런 자세야말로 진짜 야차 중대원을 만드는 밑거름이라 할 수 있지."

"감사합니다!"

산악 구보를 마친 야차 중대의 앞에 제이나가 섰다.

"주목! 상부에서 명령이 하달되었다!"

"주목!"

"우리 야차 중대는 명일 05시 30분까지 대전천 하류에 집결하여 몬스터 토벌전을 수행한다. 예상되는 작전 소요 시간은 42시간이다."

"……!"

무려 42시간 동안 몬스터와 끝도 없이 싸워야 한다는 소리인데, 이것은 거의 죽으라고 고사를 지내는 것이나 마찬가지였다.

하지만 지금까지 야차 중대가 거쳐온 전장 모두가 이런 말도 안 되는 범주에서 벗어나지 않았다.

화수는 휴식을 취하고 있는 중대원들에게 말했다.

"지금부터 막사로 돌아가 휴식을 취하고 미비한 개인 정비를 취한다. 군장은 모두 결속되어 있을 것이고 개인화기 역시 수입되어 있을 것으로 생각한다. 굳이 검수는 하지 않겠다.

알아서 잘 챙길 수 있도록."

"예, 알겠습니다!"

야차 중대는 목숨을 건 작전을 앞두고 휴식에 들어갔다.

그날 저녁, 화수는 자신이 사용할 무기들을 점검하고 작전에 필요한 물품을 확인하였다.

선임하사로서 중대가 먹고 마실 식량과 전투에 필요한 보급 물자, 치장 물자 등을 챙기는 것은 그의 몫이었다.

한창 정신없이 물자를 챙기고 있는 화수에게 최지하가 다가왔다.

"선임하사님, 잠깐 시간 좀 내주실 수 있습니까?"

"뭔가?"

"저, 이거……."

화수는 최지하가 건넨 둥그런 매듭을 바라보았다.

"이게 뭐야?"

"발찌입니다. 아프리카의 어느 부족에게 전해져 오는 것인데, 그 부족의 전사들이 전투에 나갈 때 이런 물건을 착용한답니다. 생존을 위한 부적이라고 하더군요."

"이걸 왜 나에게 주는 건가?"

"야차 중대원 모두에게 주었습니다. 우리는 모두 살아남아야 하기 때문입니다. 제이나 소위에게도 주었습니다. 그녀가 죽으면 야차 중대가 흔들릴 수 있으니 특별히 크게 만들어서 주었습니다."

화수는 실소를 흘렸다.

"후후, 특이한 놈이군."

"그런 소리를 좀 많이 듣습니다."

그는 최지하가 건넨 발찌를 오른발에 찼다.

"군화에 거치적거리지 않아서 좋군."

"행운을 가져다줄 겁니다."

"고마워."

"…아, 아닙니다."

화수는 그녀에게 악수를 건넸다.

"살아서 만나자."

"예, 알겠습니다!"

두 사람은 서로 맞잡은 손을 한동안 놓지 않았다.

*　　　*　　　*

대전천 하류 지역 몬스터 토벌 작전 A-1 포인트.

부르르르르릉!

야차 중대를 태운 K511 수송 트럭이 몬스터로 뒤덮인 대전천 변에 다가서고 있었다.

A—1 포인트는 대한민국 군수물자의 중심지인 대전의 보급로를 확보하는 데 가장 중요한 지역으로, 이곳을 뚫지 못하면 후방의 보급 물자가 차단되어 호남 지방이 고립되며, 영남 지방의 군수공장이 재보급을 하지 못해서 군대가 궤멸하는 사태가 벌어질 것이다.

호남 지방은 현재 몬스터들의 습격에서 안전한 대규모 곡창지대가 있으며 대한민국 식량의 거의 대부분을 담당하고 있었다.

영남 지방의 고립이야 대전에 쌓여 있는 탄약을 경기, 강원으로 보급하면 해결될 문제이지만 식량은 그렇지가 못하다.

서부 해안이 몬스터들에게 점령당한 지금 호남 지방이 고립되면 전국에 기아가 창궐하고 말 것이다.

대한민국 육군은 이곳에 대량의 수렵 부대를 투입했으나, 전문성이 결여되어 불과 일주일 만에 철수할 수밖에 없었다.

그나마 자운대 수렵 사령부에서 수렵 전담반으로 분류되어 있는 야차 중대만이 유일한 희망이었다.

만약 야차 중대가 이곳을 돌파하여 몬스터들이 꾸역꾸역 기어 나오는 지하 수로를 점거하지 못하면 추가 병력의 파견은 꿈도 못 꿀 것이 분명했다.

화수는 덤덤한 표정으로 작전지역을 바라보았으나 속이 끓어 터져 버릴 것만 같았다.

"말이 좋아 토벌 작전이지, 이건 거의 자살 특공대나 다름

없잖아?"

"그래도 가야 해. 명령이니까."

그는 제이나에게 포병의 화력 지원 범위에 대해 물었다.

"포병들이 얼마나 도와줄 수 있대?"

"불가능해. 야포로 타격하자니 둑이 무너져 추가 피해가 있을 것 같고, 그렇다고 박격포를 사용하자니 아군의 피해가 발생할 수도 있겠다고 판단했거든."

"…그렇다고 맨몸으로 이곳에 들어갔다간 죽을 텐데?"

"어쩔 수 없지."

화수는 가슴이 답답해져 왔지만 어쩔 수 없었다.

이러나저러나 그는 대한민국의 영토를 수호하는 군인이었기 때문이다.

그는 전투 준비를 마친 대원들에게 말했다.

"주목!"

"주목!"

"우리는 이제 작전에 투입된다. 내가 선두, 부중대장이 최후방 지정 사수를 맡는다. 모두 지정된 대열에서 빠져나가지 말고 끝까지 자리를 지켜라."

"만약 앞사람이 죽으면 어쩝니까?"

"그럼 순서대로 빈자리를 채우면 된다."

"시신은 놓고 갑니까?"

"그렇다. 차후에 시신을 수습할 것이니 군번줄 역시 챙길 생각하지 마라."

"우리가 A-1 지역에서 놈들을 지하 수로 입구까지 몰아넣으면 그다음은 어떻게 되는 겁니까?"

"지금 대부대 병력이 지하 수로 반대편에서 대기하고 있다. 우리가 몬스터를 밀어내면 나머지 부대가 도망치는 놈들을 족족 골라서 죽이고 이 지역을 점령하는 것이지."

"…그럼 차라리 바꾸어서 작전을 실행하면 되지 않습니까?"

"이미 비슷한 작전을 펼쳤다가 죽어 나자빠진 부대가 한둘이 아니다."

그는 어째서 이 지역에 야차 중대가 투입되었는지 핵심을 짚어주었다.

"이곳 하류 지역은 공간이 협소하고 대부대가 화력을 집중할 수 있는 여건이 안 된다. 더군다나 포병 병력이 지원했다간 파편 효과로 대기하던 부대가 전멸할 것이다. 그래서 지금까지 중대 단위로 병력이 파견되었다가 모두 다 죽고 새로운 부대가 그 자리를 채워 또다시 전멸하는 악순환이 이어져 온 것이지."

"으음, 소수 정예로 이곳을 돌파할 수 있는 사람은 우리 말고 없다고 판단한 모양이군요."

"그렇다고 보면 된다."

부대원들은 화수의 설명에 이제야 이해가 되는 모양이다.

그는 시계를 바라보았다.

"작전 시작 10초 전이다. 이 문을 열면 몬스터들이 우르르 몰려들 것이다. 긴장할 수 있도록."

"예!"

화수는 입으로 숫자를 세어나갔다.

"…5, 4, 3, 2, 1, 돌격!"

쿵!

단단한 장갑을 열고 밖으로 나가니 엄청난 숫자의 식귀와 갓파, 펑거스들이 몰려 있다.

끼럭, 끼럭!

크헤에에엑!

방독면과 방탄복으로 무장한 화수가 방패로 엄폐물을 만들어주었다.

"부대, 방어진으로!"

철컥!

"사격 개시!"

두두두두두!

화수가 앞을 막아서자 몬스터들이 각종 독극물을 뱉어내며 맹렬하게 공격을 감행하였다.

하지만 그것을 뚫고 날아간 야차 중대의 탄환이 몬스터들의 숫자를 조금씩 줄여 나갔다.

퍽퍽퍽!

끄이에에엑!

하구둑은 S자로 휘어진 좁은 협곡 지대인데, 야차 중대가 돌진해야 할 거리는 대략 3㎞ 남짓이다.

화수는 아주 천천히 전진하면서 몰려드는 적의 공격을 몸으로 막아냈다.

퉤, 퉤, 퉤!

산성 물질이 가득 담긴 놈들의 분비물을 방패로 막아내니, 그 악취와 열기가 사람을 녹여 버릴 정도였다.

하지만 화수는 초인적인 인내심으로 그 모든 것을 버티며 야차 중대를 지켜냈다.

거머리 모양에 식귀는 사람의 내장을 파먹고, 갓파는 그 뼈와 살을 좋아하며, 펑거스는 썩은 살가죽에 기생하면서 포자를 틔웠다.

한마디로 이놈들은 서로 필요에 의해 뭉쳤던 것이고, 서로 연대 의식 같은 것은 없었다.

야차 중대가 작전을 조금이라도 성공적으로 이끌어 나갈 수 있는 것은 놈들의 결여된 연대 의식 덕분이었다.

놈들은 서로의 본능에만 충실해 달려들다 보니 두서가 없었고 서로 엉켜 넘어지며 스스로 피해를 자처하였다.

그러니까 한마디로 방패만 잘 다루면 이렇게 엄청나게 몰려드는 놈들이라도 충분히 제압할 수 있는 그림이 그려지고 있다는 소리였다.

하지만 최전방에서 방패를 잡은 사람은 금방이라도 쓰러질 듯한 고통이 밀려들었다.

치이이이익!

"으으윽!"

"선임하사님!"

"정신 차려! 방탄복이 아직 뚫지지 않았다! 나는 신경 쓰지 말고 적을 쏴라! 한 마리라도 더 죽이란 말이다!"

"예!"

화수는 점점 얇아지는 방패와 방진복을 바라보며 스스로의 수명이 얼마나 될지 가늠해 보았다.

'길어야 15분이다. 그 안에 해결이 나지 않으면 나는 죽을 것이다.'

최대한 두꺼운 방패를 들고 오긴 했지만 놈들의 숫자가 워낙에 많아서 그것이 녹아 없어지는 것은 기꺼이 감수해야 할 것으로 보였다.

퉤, 퉤, 퉤!

두두두두두!

몬스터와 야차 중대의 힘 싸움이 계속되는 가운데 화수의 눈에 지하 수로 입구가 보인다.

"전방 100미터 앞에 지하 수로다! 모두 힘내!"

"예, 선임하사님!"

화수는 이제 총을 집어넣고 전투용 쿠크리를 꺼내 들었다.

스릉!

"죽어라!"

퍽퍽퍽!

그는 마구잡이로 적을 베어나갔고, 덕분에 지하 수로는 조금 더 빨리 대원들의 눈앞에 닿을 수 있었다. 하지만 그의 마음이 급한 만큼 방패는 조금 더 빨리 닳아 없어졌다.

끼익, 쿠웅!

"바, 방패가……!"

"선임하사님, 조심하십시오!"

방패가 떨어져 나가는 바람에 화수의 몸이 약간 휘청거렸고, 그 틈을 노린 갓파가 날카로운 발톱을 내밀었다.

스릉!

순간, 화수는 자신이 이제 곧 죽을 것이라고 생각했다.

'이렇게 가는 건가?'

하지만 바로 그때, 뜻밖의 일이 벌어졌다.

퍼억!

"크으으윽!"

"최지하 하사?!"

"저, 저놈을 쳐 죽이십시오!"

화수는 쿠크리로 갓파를 단 일격에 쳐 죽였다.

퍽!

끄웨에에엑!

그녀의 희생으로 인해 목숨을 건진 화수는 부대를 이끌고 계속하여 전진하여 수로를 틀어막는 데 성공하였다.

끼익, 쿠웅!

"수로를 차단시켰다! 작전 성공이다!"

"사, 살았다!"

화수는 축 늘어진 채 바닥에 누워 있는 최지하를 안아 들었다.

"최 하사! 최 하사!"

"서, 선임하사님, 제가 도움이 되었습니까?"

"…멍청한 놈! 다쳐도 내가 다친다! 다음부턴 그렇게 무모한 짓 하지 마라!"

"헤헤, 그래도 선방했으니 되었습니다."

상처가 깊긴 했지만 다행히도 인근에 대기하고 있던 의무병들이 발 빠르게 달려와 응급처치가 가능했다.

의무관은 들것에 실어 그녀를 구급차로 데리고 가면서 처치하였고, 그녀의 목숨에는 지장이 없을 것으로 보였다.

화수는 그녀를 자운대 중앙병원으로 데리고 갔다.

　　　　*　　　　*　　　　*

　3주일 후, 병원에서 퇴원한 최지하를 위해 회식이 열렸다.

　비록 부대에서 족발에 소주 한잔 마시는 것이 전부였지만,
야차 중대원들은 이것마저 기뻤다.

　"자, 마셔!"

　"건배!"

　야차 중대 덕분에 호남 지방의 보급로가 열리긴 했지만 아
직까지 군의 내부 사정이 그리 넉넉하지 못해 회식이 변변치
않았지만 팀워크를 다지는 데엔 전혀 모자람이 없었다.

　화수는 말끔한 모습으로 돌아온 최지하에게 연신 술을 권
했다.

　"고맙다. 네 덕분에 작전이 성공적으로 끝났어."

　"아닙니다. 가르쳐 주신 대로만 움직였을 뿐입니다."

　"하지만 나는 너에게 대신 희생하라고 가르치진 않은 것 같
은데?"

　"선임하사님께서 하시는 일이 항상 희생하는 것 아닙니까?
그래서 제가 한 번쯤 희생해도 된다고 생각했습니다."

　제이나는 최지하의 머리를 쓰다듬었다.

　"그래, 우리 꼬맹이 다 컸군."

"……."

"처음 들어왔을 땐 연병장 돌기도 힘들어하더니 이제는 선임하사까지 살려냈네?"

"…꼬맹이 아닙니다."

"후후, 맞아, 꼬맹이."

"아닙니다."

제이나는 장난스럽게 그녀를 대하긴 했지만 그 안에는 이미 조금씩 자라난 믿음이 섞여 있었다.

"마셔. 오늘은 늘어지게 먹고 마시는 거야."

"좋습니다."

"건배!"

이로써 세 사람에겐 든든한 신뢰 관계가 형성되었고, 이것은 죽을 때까지 계속될 것이다.

『현대 천마록』 6권에 계속…

미러클 테이머

인기영 장편소설
FUSION FANTASTIC STORY

MIRACLE TAMER

이계로 떨어져 최강, 최고의 테이머가 되었다.
그러나… 남은 것은 지독한 배신뿐.

배신의 끝에서 루아진은 고향, 지구로 되돌아오게 되는데…….
몬스터가 출몰하기 시작한 지구!
그리고 몬스터를 길들일 수 있는 테이머 루아진!
그 둘의 조합은……?

『미러클 테이머』

바야흐로 시작되는
테이머 루아진과 몬스터들의 알콩달콩한
대파괴의 서사시!!

Book Publishing CHUNGEORAM

유행이 아닌 자유추구 -
WWW.chungeoram.com

이모탈 퓨전 판타지 소설
FUSION FANTASTIC STORY

용병들의 대지
Road of
Mercenaries

이 세계엔 3개의 성역이 존재한다.
기사들의 성역, 에퀘스.
마법사들의 성역, 바벨의 탑.
그리고… 그들의 끊임없는 견제 속에 탄생하지 못한

『용병들의 대지』

전쟁터의 가장 밑을 뒹굴던 하급 용병 아론은
이차원의 자신을 살해하고 최강을 노릴 힘을 가지게 된다.

그의 앞으로 찾아온 새로운 인생!
아론은 전설로만 전해지던
용병들의 대지를 실현시킬 수 있을 것인가!

Book Publishing CHUNGEORAM

FUSION FANTASTIC STORY

텀블러 장편소설

현대 천마록

천하를 호령하고, 전 무림을 통합한
일월신교의 교주 천하랑.
사람들은 그를 천마, 혹은 혈마대제라고 불렀다.

『현대 천마록』

무공의 끝은 불로불사가 되는 것이라 생각했지만
그로서도 자연의 섭리 앞에선 어쩔 수 없었다!

'그렇게 많은 피를 흘렸음에도 불구하고
죽을 때가 되니 남는 것이 없군그래.'

거듭된 고련 끝에 천하랑의 영혼이
존재하지 않게 된 그 순간
그의 영혼은 현세에서 천마로서 눈을 뜬다!

Book Publishing CHUNGEORAM

 유행이 아닌 자유추구 -
WWW. chungeoram.com